논술의 법칙

논술의 법칙

초판 1쇄 발행 | 2005년 7월 5일
초판 2쇄 발행 | 2007년 7월 2일

지은이 | 신병철
펴낸이 | 심만수
펴낸곳 | (주)살림출판사
출판등록 | 1989년 11월 1일 제9-210호

주소 | 413-756 경기도 파주시 교하읍 문발리 파주출판도시 522-2
전화 | 031)955-1350
팩스 | 031)955-1355
e-mail | salleem@chol.com
홈페이지 | http://www.sallimbooks.com

ISBN 978-89-522-0398-4 03810

* 잘못된 책은 구입하신 서점에서 바꾸어 드립니다.
* 저자와의 협의에 의해 인지를 생략합니다.

값 7,500원

논술의 법칙

살림

도와주신 분

윤재웅 상생학원 대장정 논술아카데미 소장
이혜진 교육공학연구소 논술팀장
양진현 교육공학연구소 논술연구원
조영주 교육공학연구소 논술연구원
이지선 (주)리앤디디비 마케팅전략연구소 연구원

처음에 부지런하고 나중에 게으른 것이 사람의 성정이니,

원컨대 나중을 삼가기를 처음과 같이 하소서.

始勤終怠 人之常情, 原愼終如始

한명회 성종 18년 11월

논술을 잘하려면 먼저 생각을 구조화하라

대한민국은 세계에서 뒤처지지 않는 높은 교육열을 갖고 있습니다. 또 그로 인한 폐해와 문제도 끊이지 않는 것이 사실이긴 합니다. 대한민국처럼 교육열이 높은 나라도 없고, 대한민국처럼 교육제도가 자주 바뀌는 나라도 없을 것입니다. 지난 30년간 대한민국의 대입제도가 수시로 바뀌는 것만 봐도 잘알 수 있습니다.

새로 2008년부터 대입제도가 또 바뀝니다. 내신도 들어가고, 수학능력시험(이하 수능으로 통칭)도 들어가고 논구술도 봅니다. 그런데 내신과 수능은 단지 9등급으로 구분할 뿐입니다. 시험의 종류는 증가하는데, 내신과 수능이 각각 9등급으로 고정된다는 것입니다. 이것으로 60만 명 이상이나 되는 학생들의 실력을 제대로 평가할 수 있겠습니까? 아마 힘들 것입니다.

그렇다면 어떤 시험이 더 중요해질까요? 예상하건데 논구술의 증요도가 증가할 것입니다. 왜냐하면 각 대학은 9등급으로 나눈 내신과 수능 성적으로 학생의 실력을 변별해내기 힘들기 때문입니다. 학교 입장에서는 세계 유수의 대학들과 경쟁해야 하니 좋은 학생을 선발해야 할 터이므로 어떻게 해야 할까요? 대학은 당연히 변별력이 있는 시험제도를 도입해야만 합니다.

지금 이때 가장 합리적이면서 유용한 대안이 논구술의 비중을 놀이는 것입니다. 그래서 앞으로 논구술이 대학 입학에 미치는 영향력이 커질 것입니다. 물론 예측에 불과합니다만 소위 전략을 짠다는 것은 앞으로 있을 변화를 미리 예측하고 대비하는 것 아닙니까? 그래서 저는 논술에 대한 대비 방법을 몇 가지 논술전략적 차원에서 정리하고자 합니다.

핵심을 알면 주변에 대처하는 것은 쉽습니다. 대개 성공하는 사람들은 핵심을 잡고 있습니다. 실패하는 사람은 주변에만 관심이 많습니다. 불교의 참선수행 중에는 '화두'를 잡는다는 말이 있습니다. 깨달음을 얻기 위하여 하나의 개념에 집중하다 보면 나머지 세상만사의 원리를 한번에 깨친다는 의미인데, 이때 가장 중요한 내용이 화두입니다. 그런데 이런 화두가 불가(佛家)에만 있는 것이 아니고 세상만사에 모두 적용됩니다.

논술의 경우에도 이와 다르지 않습니다. 논술이 무엇인가요? 생각한 것을 적어나가는 것입니다. 그렇다면 무엇이 더 중요하겠습니까? 물론 생각하는 것이 더 중요하겠지요? 조금 더 구체적으로 말하면 **'생각을 구조화'** 하는 것이 더 중요하다는 뜻입니다. 단지 글을 잘 쓴다고 논술을 잘하는 것은 아닙니다. 먼저 생각을 제대로 구조화해야 하는 것입니다.

이 글을 읽고 계신 분들, 스스로의 현재 상태를 판단해 보십시오. 연습장을 몇 장 꺼내놓으시고 지금 당신의 생각을 적어보십시오.

얼마나 적어내려 갈 수 있을까요?

만약 생각이 구조화되어 있다면 3~4장도 적어나갈 수 있을 것입니다. 그러나 생각이 구조화되어 있지 않다면 10줄도 채우기 어려울 것입니다. 왜 그럴까요? 생각이 구조화되어 있느냐, 그렇지 않느냐의 차이 때문입니다.

그러니까 논술을 잘하기 위해서는 먼저 생각을 구조화시키는 것부터 배워야 합니다. 이것이 핵심입니다. 생각을 구조화시키면 쓰는 것은 쉽습니다. 생각이 구조화되어 있지 않으면 한 줄 쓰는 일조차도 쩔쩔매기 십상입니다.

요즘 대입 논구술 학원에서 가르치는 것을 보면 일단 쓰게 하고, 첨삭을 시킵니다. 그리고 논구술을 풀어나가는 요령을 가르칩니다. 고기 몇 마리 주는 것보다 고기 잡는 법을 알려주는 게 더 중요하다고 합니다. 우리의 자녀들에게 글 쓰는 요령을 알려주는 게 중요한 게 아니라 생각하는 방법을 가르쳐주는 게 더 중요할 것입니다. 그래서 이 책을 내게 되었습니다.

이 책은 생각의 방법을 다루고 있습니다. 더 정확히 말하면 생각을 구조화하는 방법을 다루고 있습니다. 생각을 구조화하고, 이를 풀어나가는 구체적인 내용을 11가지로 구분하여 다루었습니다. 이 논술의 11가지 법칙은 각각 논제를 정의하고, 해석하고, 생각하고, 구조화하고, 정리하는 방법을 다루고 있습니다.

무엇이건 핵심을 알고 있으면 주변을 정리하는 것은 쉽습니다. 논술의 11가지 핵심을 통해 더 효과적으로 논술에 대응하시기 바랍니다.

2005년 6월

신병철

contents _{차례}

글쓰기는 지적으로 급성장하는 지름길이다.

글을 쓰면서 사람들은 정확한 삶의 초점을 찾을 수 있다

제1장

논술에도 법칙이 있다

─논술의 11가지 법칙

지피지기(知彼知己)의 법칙

- 논술을 정확히 정의하라
- 대입 논술의 특성을 파악하라
- 논술의 최종 목적을 기억하라

중국 춘추전국시대의 유명한 전략가인 손자(孫子)가 남긴 말 중에 '지피지기 백전불패(知彼知己 百戰不敗)' 라는 말이 있습니다. 적을 알고 나를 알면 싸움에서 위태로움이 없다는 뜻입니다. 싸움에서 상대와 나의 강점과 약점을 아는 것이 얼마나 중요한 전략인가를 강조한 말입니다. 이 말은 사람 사는 세상에 적용되지 않는 곳이 없습니다. 적을 알고 나를 알면 어떻게 대응해야 하는지 자명해지니, 싸움에 있어 패할 일이 없게 되는 것입니다. 논술도 마찬가지이겠지요. 논술을 정복하고자 한다면 우선 정복해야 할 대상인 '논술' 에 대해 정확히 알아야 하며 더불어 내가 잘하는 것과 못하는 것을 알고 있어야 합니다.

논술을 정확히 정의하라

둔득 '논술이 뭐지?'라는 질문을 받게 된다면 한마디로 정확히 설명하기가 어려울 것입니다. 머릿속에서 많은 생각들이 맴돌고 있으나 그것을 정리해서 논술을 정의하는 것은 쉽지 않은 일입니다. 상대를 정확히 알지 못하니 논술이 어렵고 막연하게 느껴지는 것은 당연한 일입니다. 하지만 적을 제대로 이해한다는 측면에서 논술에 대한 정확한 이해와 정의가 필요할 것입니다.

논술을 아주 간략하게 다음과 같이 정의해 보겠습니다.

논술은 어떠한 사안에 대해 가지고 있는 자신의 생각을 밝히되, 합리적이고 타당한 근거를 들어 논리적으로 설명하는 글입니다. 여기서 중요한 것은 바로 **'논리적'**이라는 단어입니다. 논리는 형체도 없이 난삽한 생각의 덩어리가 아닙니다. 그 생각의 덩어리를 발전시키고, 구체화시키는 것이 바로 '논리'입니다.

흔히 수학이나 과학을 논리적인 과목이라고 합니다.

예를 들어 '지구는 둥글다'는 사실에 우리 모두는 동의합니다. 왜냐하면 달에 비친 그림자의 모습이나, 위치에 따른 북극성의 고도 변화 등 많은 과학적·객관적 사실들이 이를 증명했기 때문입니다. 반박의 여지가 없는 사실입니다. 수학이나 과학이 이처럼 사실적이고 객관적인 증명과 체계화가 가능하기에 논리적이라고 일컬어지는 것입니다. 논술도 과학입니다. 자신의 생각을 체계화해서 반박의 여지가 없는 정확한 틀, 즉 논리를 만들어야 합니다.

매일같이 수많은 일들이 우리 사회에서 일어납니다. 그리고 우리는 그것의 원인이나 해결책을 생각할 겨를도 없이 그 중 대부분을 망각의 강으로 흘러 보냅니다. 하지만 그 수많은 일들도 때로는 이렇게 객관적이고 논리적인 시각으로 바라보고 체계화할 필요가 있습니다. 바로 그러한 접근에 유용한 글쓰기가 논술입니다. 따라서 **'논리적 설명'**이 가능하기 위해서는 자신의 **'생각 자체'**가 논리적이어야 합니다. 아무리 글을 쓰는 기술이 뛰어나더라도 생각이 논리적이지 못하면 그 글은 상대방의 동의를 얻기가 힘들 것입니다.

논술시험은 '잘 쓰여진 글'이 아닌, '논리적인 생각'을 원하고 그것을 평가하는 것입니다.

대입 논술의 특성을 파악하라

이처럼 논술은 분명히 자신의 생각을 논리적으로 표현하는 글입니다. 이것이 논술의 특징이자 정의입니다. 그런데 우리가 준비해야 할 논술은 그 중에서도 특히 대입에 한정된 논술입니다. 그렇다면 우리가 준비해야 하는 대입 논술은 어떤 특성을 가지고 있을까요?

일반 논술과 대입 논술에는 한 가지 차이점이 있습니다. 일반 논술은 자신의 생각을 그냥 서술해나가면 되지만, 대입 논술은 평가가 이루어집니다. 그냥 쓰는 글과 평가를 받기 위해 쓰는 글의 차이는 그야말로 하늘과 땅 차이입니다. 전자는 부담이 없지만 후자는 상당한 부담이 따르게 됩니다.

형태상으로는 어떤 차이가 있을까요?

대입 논술은 논제의 요구에 부합하는 다양한 **'제시문'**이 부여됩니다. 반드시 제시문을 읽고 이로부터 논리를 전개하여 글을 써야 합니다. 그렇다면 대입 논술에서 제시문을 주는 이유부터 살펴보겠습니다. 우선 대입 논술은 어떻게든 학생의 답안을 '점수화' 해야 합니다. 그래야만 합격과 불합격을 결정할 수가 있습니다. 그렇기 때문에 보다 객관적이고 공정한 수험생들의 능력을 비교·평가하기 위해선 답안 작성에서 주제의 범위를 어느 정도는 제한해야만 합니다.

두 번째, 제시문은 그 출처가 고전, 현대소설, 수필, 시, 대본, 사진 자료, 신문 기사, 영문 지문, 수학·과학 지식을 담은 이론서 등 그 분야가 무궁무진합니다. 이렇게 다양한 자료를 제시함으로써 학생이 가진 많은 능력과 다양한 생각을 평가할 수 있습니다. 이제 논술에서 영어 지문을 해석해야 하는 일은 거의 필수가 되었습니다. 또한 전공별로 수학이나 과학에 대한 교과 지식을 평가하는 형태로도 전환되고 있는 실정입니다. 그렇기 때문에 "현재 본고사가 금지되어 있는데도 대학들이 변형된 형태의 본고사를 시행한다"는 우려의 목소리도 있습니다. 따라서 우리가 대입 논술을 준비하는데, 기본적으로 자신의 생각을 구체화시켜 논술의 틀을 따라 글을 써나가되 거기에 **'제시문 분석'**이라는 과정이 선행되어야만 합니다. 이것은 아주 중요한 과정입니다. 제시문에 대한 정확한 이해가 없으면 그 이후의 일들이 무의미해집니다. 그렇기 때문에 논술에서 제시되는 제시문에 대한 정확한 이해와 이를 통한 생각의 구조화, 논리적 글의 전개가 필요한 것입니다.

논술의 최종 목적을 기억하라

대입 논술은 이처럼 논제의 요구에 따라 제시문 분석이 먼저 이루어져야 합니다. 그리고 그것을 바탕으로 자신의 견해를 논리적으로

밝혀야 하는 글입니다. 그렇다면 앞으로 우리가 중점적으로 해야 할
일은 무엇일까요?

> 1) 논제의 요구를 정확히 이해할 것
>
> 2) 제시문을 정확히 파악하고 활용할 것
>
> 3) 이를 바탕으로 자신의 주장을 담을 것
>
> 4) 주장에 대한 타당한 근거를 제시할 것

이러한 네 가지 과정을 통한 논술 작성으로 얻을 수 있는 최종 목표
는 무엇일까요? 바로 자신의 글을 읽는 사람을 '설득' 하는 것입니다.
상대방을 설득하기 위해서는 '왜 나의 주장이 옳은 것인지' 를 이해시
켜야 합니다. 또한 상대방을 이해시키기 위해서는 지극히 합리적이고
타당한 여러 가지 근거로써 자신의 생각이 돌탑을 쌓은 것처럼 체계
화되어 있어야 합니다. 이렇게 더 타당한 근거를 찾아 생각이 더욱 구
체화되어 가는 과정에서 논리적인 사고력이 형성되는 것입니다.

질문자의 의도에 맞게 서술하라

그런 측면에서 논술을 잘한다는 것은 제시문을 통해 질문자의 의도
를 파악하고, 여기에 적합한 근거를 제시하여 의견을 서술하는 것입

니다. 즉 질문자의 의도를 파악하여 여기에 부합한 논리를 전개해야
정확한 답변을 정리할 수 있다는 것입니다.

제재 근거리의 법칙

■ 논술의 제재는 바로 우리 의 일상생활 속에 있다
■ '나' 의 문제가 될 때 생각의 폭이 넓어진디
■ 교과서 속에서 논제를 찾아라

논술 문제에 나오는 제재들은 어떤 것들일까요?

왠지 논술에서는 아주 거창하고 어려운 문제에 대해 논하라고 요구할 것 같기도 합니다. 하지만 전혀 그렇지 않습니다. 논술은 우리 주변에서 일어나는 일들, 바로 내가 겪었던 일들, 내가 겪을 수 있는 일들을 제재로 삼습니다.

해마다 각 대학에서 출제되는 문제를 살펴보면서 제재 선정의 기본 원칙들을 찾아보겠습니다

논술의 제재는 바로 우리의 일상생활 속에 있다

다음은 지난 2005학년도 정시 모집에 출제된 논제들을 정리한 것입니다.

대학	논제
가톨릭대학교	인체 실험 수행의 정당성과 인간 존엄성 확보 원칙 논술
경희대학교	두 글에 나타난 인류 문명 역사의 관점을 비교·분석
고려대학교	큰 것과 작은 것의 관계에 대한 견해 논술
성균관대학교	근래 음악계에서 일고 있는 문화 현상에 대한 견해 논술
서울대학교	어떻게 사물에 대한 올바른 인식에 도달할 수 있는가
이화여자대학교	일상 혹은 현실의 비일상성을 어떻게 바라볼 것인가
연세대학교	세월이 흘러감에 대한 생각을 욕망과 연계해 분석
한국외국어대학교	도덕의 기원에 대한 견해의 차이점과 자신의 생각 논술
한양대학교	욘사마 현상에 나타난 신화를 분석

대학별로 차이는 있지만 지난해 출제된 문제를 보면 폭넓은 교양과 시사적인 문제를 소재로 하는 경우가 많았음을 알 수 있습니다. 특히 한양대학교는 우리 사회에서 많은 논의가 되었던 문화 현상 가운데 하나인 '한류 열풍'을 소재로 삼았습니다. 그리고 연세대학교는 우리가 한번쯤은, 혹은 늘 생각하고 있을 법한 문제를 제재로 삼았습니다. 가톨릭 대학은 요즘 세계적으로 이슈가 되는 황우석 교수의 연구와도

밀접하게 연관되어 있습니다. 우리가 주변에서 신문이나 방송에서 늘 접하는 문제이기도 합니다. 이러한 제재들은 해가 바뀌어도 빈번히 다루어지는 소재입니다. 특히 '문화', '역사', '가치관' 등은 매우 빈번히 다루어지는 소재입니다.

이처럼 현대 사회의 문제나 시사적인 문제는 많은 대학들이 선호하는 논제입니다. 따라서 항상 우리 주변에서 일어나는 사회 현상에 대해 관심을 가지고 중요한 쟁점이 되는 사안에 대해서는 반드시 자신의 입장을 정리해두는 것이 좋습니다. 평소에 생각을 정리하고 입장을 다져두는 것만큼 훌륭한 논술 준비는 없으니까요. 논술은 다른 과목과는 다릅니다. 먼저 주변에서 일어나는 일에 대하여 구체적으로 이해하고, 이를 체계적으로 기억하고, 문제에 맞추어 기억내용을 조직화하여 논리로 서술해야 합니다. 그래서 벼락치기가 불가능합니다.

대학에서는 거의 모든 시험이 주관식 논술입니다. 이공계 특수한 분야를 제외하고는 객관식 문항은 거의 없다고 보면 되고요, 단답식도 별로 없습니다. 거의 모든 시험이 주관식 논술입니다.

왜 대학교에서는 주관식 논술을 볼까요?
그 이유는 벼락치기에 의해 이루어진 단기 기억내용을 보려는 것이 아니라, 장기적으로 구성된 기억내용 전체를 살펴보려는 것입니다. 사람이 벼락치기를 통해 무엇인가를 단기적으로 기억시킬 수는 있어도 이 내용들을 서로 통합, 조직화시켜 하나의 커다란 기억체계로 만드는 것은 쉽지 않습니다. 그러기 위해서는 특별히 인지적으로 노력해야 하고, 또 이러한 노력을 통해 특정 대상에 대한 커다란 기억체계를 만들어낼 수 있는 것입니다.

따라서 우리 주변에서 늘 일어나는 일들과 사건, 주요한 이슈들을 미리미리 생각하고 정리해둘 필요가 있는 것입니다. 이때 더 중요한 것은 남들의 생각이 아니라 자신의 생각을 정리해 놓는 것이 필요합니다.

남들이 만들어 놓은 생각은 결과적으로 자기 것이 아니라서 오래가지 못하고, 시간이 조금만 지나면 기억이 나지 않습니다. 스스로 생각하는 습관과 정리하는 습관 그리고 이를 조직화시켜 놓는 습관을 기르면 좋습니다.

'나'의 문제가 될 때 생각의 폭이 넓어진다

평소에 우리 주변에서 일어나는 일들에 대해 관심을 가져 보는 것이 필요합니다. 그 일이 '저 사람'이 아닌 '나'에게 일어난 일이라는 가정을 하고 생각을 해보는 것은 아주 좋은 방법입니다. '다른 사람의 몹쓸 병도 내 감기만 못하다' 라는 말이 있습니다. 아무리 심각한 일이라도 나와 상관이 없는 문제라면 관심이 덜 간다는 것이지요. 하지만 그 일이 바로 내 자신의 일이 되면 문제를 바라보는 시각은 달라집니다.

최근 일어난 이라크 전쟁을 예로 들어 보겠습니다. 이라크에서 일어난 전쟁이 우리에게는 일어나지 않을 것이라고는 아무도 장담하지 못합니다. 우리에게도 얼마든지 일어날 수 있는 일입니다. 그것이 바로 '우리' 또는 '나' 의 일이 되었을 때 우리는 진지하게 그 문제에 대해서 고민할 수 있게 되고 여러 관점을 생각할 수 있게 되는 것입니다.

또는 가까운 주변의 예로 '주 5일 근무제'에 관한 자신의 생각을 정리해 볼까요? 주 5일 근무제가 내가 속한 직장이나 학교의 문제라고 생각해 봅시다. 그 제도를 시행함으로써 나에게 좋은 점은 무엇이고 나쁜 점이 무엇인지, 회사는 어떤 영향을 받게 될 것인지 조금 더 깊이 있게 들여다보게 될 것입니다. 지금은 월 1회만 주 5일 등교입니다. 개주 5일 등교하면 어떨까요? 우리 학생들에게는 어떤 생활의 변화가 있고, 생각의 변화가 있고, 생활패턴은 어떻게 달라질까요? 여기에 따른 가족간의 변화는 어떤 것들이 있을까요? 처음에는 '그냥 하루 더 놀면 좋은 거지…' 라고 단순하게만 생각했다가 더 나아가 그 제도가 자신과 가족에 어떤 변화와 이익을 가져다주는지 점차 생각하게 될 것입니다.

이것은 어떤 효과입니까? 나의 문제로 바꾸어 생각해 보는 것입니다. 이처럼 나의 문제로, 나의 상황으로 바꾸어 생각해 보면 생각의 몰입이 달라집니다. 남의 얘기는 그냥 흘려 지나칠 수 있지만 내 경우라면 그냥 지나칠 수 없습니다. 당연히 더 많이 생각하게 되고, 더 많이 고민하다 보면 더 잘 기억될 것입니다. 이처럼 잘 구성된 기억체계는 문제를 접한 시점에 더 생생한 기억으로 되살아나고 그에 따라 더 훌륭하고 완벽한 답안을 구성할 수 있게 되는 것입니다.

교과서 속에서 논제를 찾아라

다음으로 우리가 생각해야 할 내용 중 하나가 논제를 찾을 수 있는 또 하나의 중요한 창고가 바로 '**교과서**'라는 점입니다. 예를 한번 들어보겠습니다.

■ 사회 문화 교과서의 목차

Ⅰ. 사회 · 문화 현상의 탐구

사회 문화 교과서, 윤리와 사상교과서, 법과 사회(권리와 의무, 개인 생활과 법, 사회생활과 법, 국가생활과 법, 법률구조제도와 미래 사회의 법) 나 정치, 경제, 윤리 교과서에 나오는 대부분의 단원은 풍부한 **'논제 저장고'**입니다. 즉 택하는 소재만 다를 뿐 그 근본으로 들어가면 결국 교과서의 범주 안에서 해결점을 찾을 수 있다는 것입니다. 따라서 개신 공부도 논술 공부에 직접 연결된다고 볼 수 있습니다. 특히 교과서에 나와 있는 사례들에 대해서는 그때그때 요점을 정리하고 확실하게 이해하고 넘어가는 것이 좋습니다.

이때 중요한 것이 먼저 **넓게 보고 작게 살펴라(大觀小札)** 입니다. 흔히 쓰는 말로 '숲을 보고 나무를 보라'는 말과 비슷합니다. 먼저 전체적인 측면에서 크게 살펴보고, 세부적인 내용을 보게 되면 전체와 부분이 효율적으로 구분됩니다. 다시 말해 빠진 부분도 없고 과도하게 다룬 부분도 없이 가장 효율적으로 기억된다는 것입니다.

공부 잘하는 사람과 못하는 사람의 결정적인 차이가 무엇이라고 생각합니까? 바로 이 대관소찰에 있습니다. 공부를 잘하는 사람은 전체적 맥락 속에서 세부적 내용을 기억합니다. 이렇게 되면 마치 잘 정돈된 서랍장과 같아서 어디에 무엇이 있는지 쉽게 파악할 수 있고, 그에 따라 효율적으로 기억 내용을 끄집어 낼 수 있기 때문입니다.

그런데 공부를 못하는 사람은 전체적 맥락은 무시하고 세부적 내용에만 매달립니다. 공부가 끝나고 나면 무엇인가 열심히 해서 기분은 좋지만, 시간이 지나고 나면 세부적인 맥락이 서로 엉켜 무엇이 어디에 있는지 모릅니다. 이것은 신문지를 잘 정리하지 않고, 구석에 잔뜩

쌓아놓은 모습과 비슷한 양상입니다.

　그러니까 무엇이 필요한가요? 먼저 넓게 보고 작게 살펴야 합니다. 교과서를 볼 때도 먼저 넓게 보고 이를 이해한 후 세부적 내용을 살피는 것이 중요합니다.

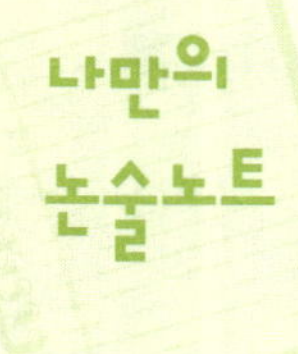

논술과 요약의 차이

논술	요약
자기 생각을 제대로 '표현'하는가를 평가	다른 사람의 글을 제대로 '이해'하는가를 평가
어떤 주장을 드러내려고 열심히 논거를 대며 서술하는 글	긴 글을 읽고 상대방이 말하고자 하는 핵심을 찾아 간단히 정리하는 글

바로 이것이 논술과 요약의 기본적인 차이점이다. 중요한 것은 긴 글을 제대로 요약할 줄 알아야 논술을 쓸 때 서술해야 할 방향을 제대로 조감할 수 있다는 점이다. 글을 요약하는 훈련은 논술의 가장 중요한 기초공사인 개요 짜기 능력을 키운다.

생각 구조화의 법칙

우리가 세 번째로 점검해야 할 법칙은 '생각구조화의 법칙'입니다. 생각을 구조화한다는 것은 생각의 체계를 만든다는 것입니다. 무엇이건 그냥 되는 대로 기억하는 것이 아니라, 체계적 구성으로 기억시킨다는 것입니다. 이것이 말하기는 쉬워도 실행하기는 어렵습니다. 생각이 구조화되어 있어야 지식을 축적하기 쉽고, 조직화하기 쉽고, 인출하기 쉽습니다. 이러한 기초가 든든해야 짜임새 있는 논술을 쓸 수 있는데, 그렇다면 어떻게 해야 생각의 구조화를 잘할 수 있을까요? 그 단계는 다음과 같습니다.

적극적인 사고를 하라

그렇다면 생각의 구조화는 어떻게 만들어질까요? 다른 사람이 전해 주는 생각을 달달 외우면 얻을 수 있는 것일까요? 아니면 지식만 있으면 얻어지는 것일까요? 그것은 단편적인 지식은 될지 몰라도 구조화까지는 나아가지 못합니다. 생각을 구조화하는 것은 자신의 생각이 바탕이 되어야 합니다. 그것은 지식을 종합하고 구조화했을 때 가능한 것입니다.

그러기 위해서는 우선 대상에 대해 관심을 가지고 적극적인 사고를 하는 데부터 출발해야 합니다. 최근 논란이 되었던 '초등학교 일기장 검사'의 인권 침해 결정에 대해 일례로 생각해 보겠습니다. '나는 초등학생이 아니니까 나하고 관계없는 일이야' 하고 지나치면 안 됩니다. '일기장 검사가 과연 어떤 인권 침해 요소가 있을까?', '초등학교에서 일기장 검사를 하는 이유는 무엇일까?'로 생각을 바꾸어 봅시다. 이렇게 사회 문제에 대해 관심을 가지고 그것에 대해 의문을 갖는 적극적인 태도를 보일 때 비로소 문제점이 발견되기 시작합니다. 적극적인 사고를 통해 문제점을 발견하는 일은 자연스럽게 비판 의식과 연결될 수 있습니다. 그러니까 먼저 적극적인 사고가 선행되어야 합니다.

비판적으로 접근하라

적극적으로 어떤 사안의 발생 원인과 문제점에 대해 살펴보았다면 이제 그것을 비판적으로 검토할 차례입니다. '비판'이란 사물의 옳고 그름을 판단하는 것을 뜻합니다. 이러한 판단을 내리기 위해서는 당연히 충분한 논리적 근거가 뒷받침이 되어야 합니다.

다시 앞서 나왔던 초등학교의 일기장 검사로 돌아가 보겠습니다. 초등학교의 일기장 검사가 왜 논란이 되고 있는지 파악이 되셨나요? 이제 팽팽하게 대립되고 있는 두 의견의 근거를 정리하여 각 주장의 옳고 그름을 판단해야 합니다.

초등학교의 일기장 검사를 찬성하는 의견은 다음과 같은 이유를 거론합니다. 즉 초등학생의 일기장을 검사해야 한다는 논리적 근거는 "일기 쓰기는 글쓰기의 기본이고, 일기장 검사는 글쓰기 교육의 가장 효과적인 방법"이라는 것입니다. 그렇기 때문에 이들은 일기에 적혀 있는 내용에는 관심이 없고, 오직 글쓰기 능력 배양이라는 측면에서 일기장 검사가 지속되어야 한다는 것입니다.

한편, 일기장 검사를 반대하는 쪽은 초등학생도 엄연히 인격을 갖춘 존재이므로 개인의 사생활이 포함되어 있는 일기장을 공공연히 검사하는 것은 인권 침해라는 것입니다. 둘 다 일리가 있지 않습니까?

　　그렇다면 이 양자의 입장에 대하여 어떤 의견을 가져야 할까요? 양쪽의 입장을 주는 그대로 덥석 받아들여서는 안 되고요, 비판적인 과정을 통해 자신의 의견을 정리하는 것이 좋습니다. 어떻게 하는 것이 좋을까요?

사안에 대해 내 입장을 정리하라

　　먼저 사안에 대하여 충분히 이해한 후 자신의 입장을 정하는 것이 필요합니다. 자신의 입장이 확고하지 않으면 명확한 주장을 펼치기 어렵고, 상대방을 충분히 설득시키지 못합니다. 또한 읽는 사람은 주변의 장황한 애기보다는 그 사람의 경험과 주장에 더 많은 관심을 보이게 되는 것입니다.

　　논술은 자신의 주장을 제시하는 글임을 명심하십시오. 나는 어떤 견해에 대해 찬성하는지, 그리고 어떤 논리적 근거를 들어 주장을 펼칠지 결정해야 합니다. 일단 입장을 정하면 자신의 견해를 명료하게 드러내고 효과적으로 전달할 수 있어야 합니다. 먼저 머릿속에서 계열화하여 밑그림을 그려 보십시오. 즉 주장 → 보편적 근거 제시 →

구체적 사례를 통한 부연 설명이 체계적으로 이루어지도록 설계도를 그려야 합니다. 구체적 사례를 통한 부연 설명은 자신의 주장을 차별화시킬 수 있는 부분입니다. 배경 지식을 활용하여 구체적 사례들을 많이 확보해 놓아야 합니다.

초등학교의 일기장 검사에 대해 반대하는 것으로 입장을 정하고 사생활 침해와 형식적 글쓰기의 문제를 주요 근거로 들었다고 합시다. 좋은 얘기입니다만 뭔가가 빠진 것 같지요? 타당한 근거지만 뭔가 2% 부족한 상태입니다.

이럴 경우 자신의 경험을 돌이켜 보고, 다음의 내용을 삽입하면 더 설득력이 있습니다. 개학을 앞두고 똑같은 내용의 일기를 한꺼번에 몰아 쓴 경험이나, 많은 초등학생들이 자신의 이야기를 남이 보는 것을 꺼려해 제출용 일기와 개인용 일기를 구분해서 쓰고 있는 상황을 덧붙여 보십시오. 자신의 주장이 더욱 힘을 얻게 될 것입니다. 그러한 경험의 근거는 누구도 반박할 수 없는 객관적 근거로써 논리를 세워 주기 때문입니다.

생각을 구조화하여 저장하라

지금까지 우리는 '적극적인 태도 → 비판적인 접근 → 자신의 입장 정리' 라는 사고의 과정을 살펴보았습니다. 즉 어떤 사안에 대해 자신의 생각을 정리하고자 한다면 우선 적극적으로 문제의 원인과 배경을 찾아보려는 노력을 해야 합니다. 그리고 비판적 물음을 통해 다양한 견해를 수용해야 합니다. 그리고 자신의 생각에 부합하는 하나의 입장을 정리해야 합니다.

이러한 사고의 과정은 확실하게 저장을 해두어야 온전히 자기 것으로 만들어집니다. 머릿속에 오랫동안 저장해 두기 위해서는 생각을 생각 자체로 내버려둬서는 안 됩니다. 단 몇 줄이라도 글로 정리해 두는 것이 좋습니다. 사람의 뇌는 별도의 기록 과정을 거치지 않으면 쉽게 잊혀지도록 구성되어 있기 때문이지요.

일반적으로 기억의 종류를 단기 기억과 장기 기억으로 나눕니다. 오랫동안 머릿속에 남는 장기 기억으로 만들기 위해서는 글로 정리해 두고, 스스로 논리를 만들어 시연해 보는 것이 최선입니다. 글로 정리하다 보면 사고의 단편들이 체계가 잡히는 경험을 해보았을 것입니다. 글로 정리한다는 것 자체가 스스로 시연해 보는 것이기도 하고, 또 머릿속으로 그 과정을 재생해 보는 것도 아주 좋은 방법입니다. 더 좋은 방법은 친구들과 이 문제를 놓고 토론하는 것입니다. 이렇게 글로 써보고, 혼자 시연을 해보고, 토론을 하다 보면 난삽한 생각의 덩어리가 구조화되는데, 이렇게 구조화되면 잊어버리려고 해도 잊혀지지 않게 됩니다. 이러한 과정에서 바로 논리가 잡히는 것입니다. 기록과 시연은 생각의 체계화에서 매우 중요한 과정입니다.

우리는 지금 수능 준비와 내신 준비로 가뜩이나 빠듯한 시간을 쪼개어 논술 공부를 하고 있습니다. 괜히 자신의 기억만 믿고 있다가 시험지에서 접한 논제가 처음 보는 주제처럼 느껴진다면 정말 허무한 일이겠지요.

귀한 시간을 내어 시작한 공부입니다. 논술 노트를 만들어 자신이 파악한 사안과 배경 지식을 글로 정리해 보고, 스스로 시연해 보십시오. 가능하다면 토론도 해보십시오. 정리하는 데 투자한 시간에 비해 훨씬 오랫동안 기억 속에 저장되어 있을 것입니다. 그리고 다음 공부를 위해서도 유용한 자료가 될 것입니다.

요약시 주의점

__ 요약이란 다른 사람의 생각을 훨씬 짧은 말로, 그 사람과는 다른 방식으로 말하는 것이다.

__ 주어진 글을 단순히 요약하는 문제는 내용을 단순히 줄여서 '요약'만 해야 한다. 여기에 자기 생각이나 논리를 펼쳐서 글의 내용을 덧붙이거나 빼면 안 된다.

__ 글 전체를 단숨에 읽고 요약하려고 하지 말고 글 전체를 서론, 본론, 결론 등 대략적으로 구분하면서 각 단락의 중심내용을 이해한다.

__ 요약 문장은 길게 쓰기가 쉬운데, 대체로 30자 내외가 좋으며 되도록 짧게 써야 의미가 정확하게 전달된다.

__ 제목은 나중에 붙이는 것이 좋다. 처음부터 글 전체를 파악하지도 않은 상태에서 제목을 붙이고 주제를 찾다 보면 글에서 제시하는 정확한 근거를 놓치기가 쉽다.

__ 요약문은 그 자체로 완벽한 글이어야 한다. 읽는 사람이 아무 것도 모르는 상태에서 요약문만 읽고도 내용을 알 수 있어야 한다. 그러므로 "글(가)에서"나 "주어진 글에서 말하는" 등등의 말이 들어가서는 안 되고, 무엇을 가리키는지 풀어서 설명해주어야 한다.

__ 긴 글을 요약할 때는 다음과 같은 수순을 따르자. 결론 단락 찾기→주장 찾기→근거 찾고 내용 단락 나누기→줄거리 파악하기→요약하기

논제 분리 이해의 법칙

- 논제의 핵심을 파악하라
- 논제의 요구 사항을 충실히 반영하라
- 출제 의도를 예측하라

무엇을 묻는 것인지 정확히 파악해야 합니다. 그렇지 못하면 결국 엉뚱한 대답을 하게 됩니다. 엄마가 늦게 들어온 아이에게 늦은 이유를 물었으나 아들이 딴청을 부리고 전혀 다른 대답을 한다면, 이를 동문서답이라고 하지요.

어떤 시험이든 문제를 끝까지 읽고, 그것이 무엇을 묻고 있는 것인가를 파악하는 일은 가장 기본이 됩니다. 그렇지 못하면 아무리 지식이 많더라도 결국 틀린 답을 작성하게 되기 때문입니다.

초등학교 시절부터 지금까지 누구나 한번쯤은 시험을 볼 때 '옳은' 것과 '옳지 않은' 것을 고르는 문제를 잘못 읽어서 틀린 경험이 있을 것입니다. 물론 실수라고 하지만, 이는 묻는 것이 무엇인지를 제대로 파악하지 못한 까닭입니다. 논술에서도 이는 마찬가지입니다. '무엇'에 대해 쓰라고 한 것인지를 정확히 파악해야만 올바른 답안을 작성할 수 있습니다. 논술에는 다양한 채점 기준이 있습니다. 그 중 논제의 방향을 잘못 잡은 답안의 경우 감점의 폭이 크므로 주의해야 합니다.

논제의 핵심을 파악하라

그렇다면 논제를 정확히 파악하기 위해서는 어떻게 해야 할까요? 우선 문제를 끝까지 잘 읽어야 합니다. 그리고 궁극적으로 묻고 있는 바가 무엇인지 그 '핵심'을 파악해야 합니다.

최근의 논술 문제를 하나 보도록 하겠습니다. 이제는 예전처럼 "바람직한 소비 생활에 대해 논하라"는 식의 간단한 질문은 하지 않습니다. 또한 이처럼 묻고자 하는 질문이 무엇인지 명확히 드러내 주지도 않습니다. 최근에는 같은 주제를 묻고 있다 하더라도 질문하는 방법이 달라졌습니다.

먼저 소비 생활에 관련한 여러 형태의 지문을 보여 줍니다. 그리고 제시문 간의 공통점과 차이점, 혹은 문제점을 스스로 찾게 합니다. 그렇기 해서 제대로 논제를 파악했을 경우에 질문을 파악할 수 있습니다. 그런 측면에서 논제를 파악하는 것이 과거보다 조금 어려워졌습니다. 과거에는 직접적으로 질문했지만, 지금은 약간의 추론 과정을 통해서 이해할 수 있는 문제가 출제됩니다. 논술시험에서 묻고자 하는 것이 무엇인지, 즉 논제가 무엇인지 제대로 파악되지 않았다면 우리가 쓰고 있는 글은 잘못된 답안일 뿐이겠지요.

따라서 이러한 문제를 풀기 위해서는 어떻게 해야 할까요? 문제에서 요구하는 바를 모두 반영하되 결과적으로 바람직한 소비 생활이 어떠해야 하는지를 반드시 말해야 합니다. 즉 논제의 핵심은 '바람직한 소비 생활' 이되 그것을 도출하는 과정에서 논제의 요구 사항을 거쳐야 하는 것입니다.

이처럼 논제에서 궁극적으로 무엇을 묻고 있는지 아는 것이 매우 중요합니다. 논제를 제시하는 방법도 학교마다 다양합니다. 한 학교가 제시한 논제를 보도록 하겠습니다.

 제시문 (가)의 핵심 내용을 설명하고, 제시문 (나)의 '대중문화 논의'에 대한 자신의 견해를 (가)의 관점에서 논술하시오.(숙명여대 2004 정시)

추론 과정을 통해 논제를 파악해야 하는 가장 간단한 형태의 문제라 할 수 있습니다. 하지만 이 경우에도 직접적으로 '대중문화'에 대해 논하라고 하지는 않고 있습니다. 제시문 해석이 제대로 이루어져야만 논제를 정확히 파악할 수 있도록 제한한 형태라 할 수 있습니다. 따라서 이 문제를 풀기 위해서는 제시문 (가)의 핵심 내용을 먼저 파악해야 합니다. 또한 제시문 (나)에서 대중문화에 대해 어떤 논의를 했는지를 판단해야 합니다. 결국 논제의 핵심은 '대중 문화 논의'에 대한 자신의 견해가 반드시 드러나도록 써야 하는 것입니다. 조금 어렵지요. 그러나 넘어야 할 산입니다. 차근차근 접근하는 자세가 필요할 것입니다.

 아래의 제시문 (가)와 (나)를 각각 요약하고(총 300자 이내), 제시문 (가)에 나타난 상반된 두 가지 중 하나의 입장에서 제시문 (나)에서 서술하고 있는 '공기업의 민영화 여부'에 대한 자신의 주장을 논술하시오.(경희대학교 2005 수시 1)

Ⅰ. 제시문 (1), (2), (3), (4)의 내용을 각각 요약하시오.

Ⅱ. 4개의 제시문은 모두 하나의 공통된 주제와 관련된 글이다. 각 제시문의 관계를 밝히고, 공통 주제에 관한 자신의 생각을 논술하시오.(고려대학교 2005 수시 1)

Ⅰ. 제시문 (A)의 밑줄 친 부분을 서술(직역)하시오(300자 이내). [40%]

Ⅱ. 제시문 (A)의 전체 내용을 요약하시오(400자 이내). [30%]

Ⅲ. 제시문 (A)와 제시문 (B)의 내용을 토대로 본인의 견해를 논술하시오(500자 이내). [30%] (서강대학교 2005 수시 1)

Ⅰ. 제시문 (1)과 제시문 (2)의 내용을 각각 요약하시오.

Ⅱ. 아래 4개의 제시문에 나타난 상반된 두 가지 주장에 대한 자신의 견해를 논술하시오. 단, 각 제시문을 논거로 충분히 활용하고, 3개의 표를 모두 인용하시오.

(성균관대학교 2005 수시 1)

위의 형태들은 수시 모집 논술고사의 대표적인 형태입니다만 모두 '요약형'을 포함하고 있습니다. 이유는 영어 지문이 포함된 경우, 그것에 대한 정확한 독해력을 파악하기 위한 것입니다. 제시문의 요약을 원하는 문제가 따로 출제되지 않을 수도 있습니다. 그렇더라도 각 제시문의 핵심을 요약하는 것은 논술을 푸는 데 필수적인 과정입니다. 따라서 위에서 살펴본 문제들은 모두 제시문을 정확히 파악해서 그 제시문들이 공통적으로 어떤 주제를 다루고 있는가를 판단해야만 논제를 정확하게 파악할 수 있습니다.

따라서 이와 같은 논술 문제의 경우는 첫째, 각 지문의 세부적 내용을 요약해야 하고 둘째, 그것에 근거한 공통점과 차별점을 이해해야 하며 셋째, 자신의 입장을 정리하여 글을 써야 합니다.

논제의 요구 사항을 충실히 반영하라

다음은 위에서 다룬 논술 문제보다 조금 더 구체적인 요구가 있는 논제를 살펴보겠습니다. 대표적인 예로 서울대학교 2005년 정시 기출 문제를 들어 보겠습니다.

예시 3 사물에 대한 올바른 인식에 어떻게 도달할 수 있는가를 논술하시오. 단, 아래의 내용을 반드시 포함시킬 것

1. 제시문 (1)에 드러나 있는 사물의 인식 방법에 대하여 자신의 견해를 밝히고(요구 1),

이에 근거하여 제시문 (2)의 내용을 논할 것(요구 2)

2. 다음 문장들을 논술에 활용하되 그 가운데 한 문장을 반드시 직접 인용할 것(요구 3)

① 큰 의심을 품지 않는 사람은 큰 깨달음이 없습니다. 의심나는 것을 쌓아 놓고 모호하게 두는 것은 캐묻고 따지는 것만 못합니다. (홍대용, 담헌집)

② 아는 것을 안다고 하고 알지 못하는 것을 알지 못한다고 하는 것, 이것이 바로 아는 것입니다. (공자, 논어)

③ 사실인 것은 존재하지 않는다. 존재하는 것은 해석뿐입니다. (F. W. 니체, 권력에의 의지)

④ 진리를 발견하는 것보다도 오류를 인식하는 편이 훨씬 쉽다. 오류는 표면에 나타나 있으므로 쉽게 정리할 수 있지만, 진리는 깊은 곳에 숨겨져 있으므로 그것을 탐구하는 일이 누구에게나 가능한 것은 아니다. (J. W. 괴테, 잠언과 성찰)

⑤ 어떠한 사람의 지식도 그 사람의 경험을 초월하는 것은 아니다. (J. 로크, 인간 오성론)

이 문제는 구체적인 요구사항이 포함되어 있는 경우입니다. 각 내용을 이해해야 하고, 각 내용의 관계 또한 이해해야 합니다. 그리고 자신의 입장을 정리해서 쓰되, 주어진 보기의 내용을 꼭 삽입해야 합니다. 앞의 예보다 더 까다로운 문제라고 볼 수 있죠. 그렇지만 앞의 예와 크게 다르지는 않습니다.

위에 제시된 문제의 경우 첫머리에서 "사물에 대한 올바른 인식에 어떻게 도달할 수 있는가" 에 대해서 논하라고 하고 있습니다. 이것이 논제의 핵심입니다. 다만 이를 해결하기 위해서 요구 1, 요구 2, 요구 3 을 빠짐없이 반영해야 하는 것입니다. 즉 요구 1, 2, 3의 내용을 구분하여 이해하고, 이 요구에 따라 생각을 정리한 후 글을 써야 합니다.

논술은 얼핏 보면 아주 복잡하게 보입니다. 그러나 그 형태를 구분하면 크게 복잡하지 않습니다. 먼저 논제가 무엇인지를 살펴보고, 요구사항을 최소단위로 구분하여 이해한 후 이를 자신의 관점으로 해석하면 됩니다.

이처럼 요구 사항이 많은 것 중 하나가 성균관대학교 논술인데, 여기에는 각종 도표나 설문 조사 결과 등 여러 가지 형태의 자료들이 제시문으로 제공됩니다. 문제가 이렇게 주어지는 경우 학생들은 대부분 겁을 먹기 쉬우나 사실상 논제가 구체적일수록 답안을 작성하기가 수월합니다. 요구 사항을 모두 반영하다 보면 어느 정도 답안의 분량이나 방향이 정해지기 때문입니다. 다시 강조하지만 논제의 큰 방향을 파악한 후 세부 요구사항을 구분하여 이해하고, 자신의 입장을 정리하여 글을 쓰는 것이 핵심입니다.

출제 의도를 예측하라

　논제가 무엇인지, 논제에서 해결하라고 요구한 사항이 무엇인지 정확히 파악되었나요? 그러면 이제는 이 문제를 출제한 의도가 무엇일까를 점검해 보아야 합니다. 처음에는 출제 의도를 찾는 것이 쉽지 않습니다. 때문에 연습 문제로 풀어보고 훈련해야 합니다. 논술 문제를 여러 번 풀어 보십시오. 논제와 제시문을 분석한 후 어떤 의도에서 이 문제를 출제하게 된 것인지 어느 정도 감(感)을 잡을 수 있을 것입니다.

　가령 위에서 예로 든 서울대 문제의 경우를 살펴봅시다. '사물을 올바로 인식하는 방법' 이라는 다소 추상적인 논제를 보충하기 위해 크게 두 가지 조건을 주었습니다. 이러한 조건을 준 이유에 대해 한번 생각해 보겠습니다. 우선 논제 자체가 너무 추상적이므로 이를 구체적인 내용으로 변환시킬 필요가 있습니다. 이 문제는 사물의 인식에 대한 관점이 드러나는 어떤 지문을 주고 그에 대한 자신의 입장을 논하는 것입니다. 요구 1과 요구 2는 제시문을 정확히 이해하고, 그것을 자신의 논리로 비판적으로 읽을 수 있는지를 평가하는 것이고, 요구 3은 독창적이고 창의적인 생각을 할 수 있는가를 평가하기 위한 의도임을 짐작할 수 있습니다.

따라서 좀더 좋은 평가를 받을 수 있는 좋은 논술을 쓰고 싶다면 이
렇게 문제를 출제한 의도가 무엇인지도 고민해야 합니다. 이는 논제
파악을 보다 확실하게 할 수 있는 중요한 방법입니다.

학생들이 많이 범하는 논술답안의 오류 유형

흔히 논술에서 저지르기 쉬운 실수들은 다음과 같은 3가지 범주로 구분된다.

첫째 유형, 논술문의 구조를 잘 알지 못할 때

__서론, 본론, 결론이 내용적으로 긴밀하게 연결되지 않고 따로 논다.

__서론과 본론, 또는 본론과 결론이 구분되지 않고 애매모호하다.

__서론에서 한 주장이나 전제가 본론이나 결론의 내용과 일치하지 않는다.

__본론을 요약한 내용으로 결론을 대신한다.

__주장은 있으나 이를 뒷받침하는 근거가 없다.

둘째 유형, 글쓰기의 기초가 되어 있지 않을 때

__적절한 위치에 적확한 단어를 구사하지 못한다.

__중언부언한다.

__문장이 길고 복잡해 무슨 말을 하는지 이해하기 어렵다.

__주어와 서술어가 일치하지 않는 비문이 발견된다.

__비슷한 어휘를 반복적으로 사용해서 불필요한 부분이 많다.

셋째 유형, 논술 실전 경험과 기술이 부족할 때

__완성된 답안이 논술문보다는 감상문에 가깝다.

__문제에서 요구한 조건을 빠트린 채 내 의견만 적었다.

__문제에서 제시한 부분과 관련한 배경지식이 부족해서 이와 관련이 없는데도 자기가 알고 있는 것을 억지로 끌어다 쓴다.

제시문 독해의 법칙

- 제시문의 키워드를 찾아라
- 제시문의 공통점과 차이점을 발견하라
- 논제의 연장선상에서 제시문을 파악하라
- 제시문 독해 능력은 요약 훈련으로 길러라

우리나라에서 철학 교육이 이루어지지 않는 교육 현실에 대해 반성하는 소리가 높아질 때마다 그 비교 대상으로 프랑스의 바칼로레아 논술 문제가 자주 등장하곤 합니다. 바칼로레아는 복잡하게 비틀거나 어려운 어휘를 동원하지 않고 간결하게 문제를 제시합니다. 그런데도 인문학적 교양과 철학적 사고가 바탕이 되어야 하는 문제가 등장해 종종 우리의 부러움을 사곤 합니다. 그럼 잠시 문제 몇 개를 보도록 하겠습니다.

"스스로 의식하지 못하는 행복이 가능한가?"

"법에 복종하지 않는 행동도 이성적인 행동일 수 있을까?"

"우리는 자기 자신에게 거짓말을 할 수 있는가?"

"철학자는 과학자에게 어떤 도움을 줄 수 있는가?"

위의 질문들은 바칼로레아에 출제되었던 문제들입니다.

어떻게 보면 문제를 읽는 순간 아무 생각도 나지 않고 머리를 한 대 얻어맞은 것처럼 멍해질지도 모릅니다. 여러분은 이와 같은 질문에 어떤 주장을 펼치며 논술하실 생각입니까? 머릿속에 어느 정도의 밑그림은 그려진다고요? 그렇다면 여러분은 상당한 논술 실력을 가지고 있는 셈입니다. 왜냐하면 바칼로레아 논술 문제는 논제의 방향이 열려 있습니다. 이러한 단독 과제형 논술 형태는 가장 정제된 형태의 논술 문제라고 해도 과언이 아니기 때문입니다.

그런데 우리나라의 논술 문제는 이러한 단독 과제형 문제보다는 제시문이 추가된 자료 제시형 논술을 선호하고 있습니다. 제시문의 난이도를 달리 하여 수험생들의 제시문 독해 능력을 평가하고자 하는 것이 그 첫 번째 이유일 것이며, 두 번째는 이를 통해 변별력을 강화하여 보다 명료한 채점 기준을 세울 수 있다는 현실적인 이유 때문입니다. 그러다 보니 제시문이 차지하는 비중이 점점 커지고 있습니다.

특히 지난 1998년 12개 대학들이 고전에서 제시문을 출제하겠다고 밝힌 이래 제시문의 정확한 독해는 논제 파악과 더불어 논술의 성패를 가늠하는 한 축을 형성하고 있습니다. 최근에는 제시문에 영어 지문을 도입하여 영문 독해력을 평가하는 대학이 늘고 있습니다. 그 까닭에 이래저래 제시문은 막강한 힘을 자랑하게 되었습니다. 그러니 논술을 쓰기 전 제시문 분석에 투자하는 시간을 절대 아까워해서는 안 될 것입니다.

제시문의 키워드를 찾아라

제시문의 키워드를 찾아야 함은 너무나 당연해 자칫 식상하게 들리기도 합니다. 그 까닭에 이 간단한 것을 무시하는 경우가 의외로 많습니다. 하지만 이것은 굳이 논술이 아니더라도 어떠한 글의 내용을 이해하기 위해서는 반드시 짚고 넘어가야 하는 기본 과정입니다. 키워드가 잡히면 그만큼 주제문 찾기가 쉬워집니다. 주제문이 잡히면 제시문의 내용을 구조화하기도 수월해집니다. 이와 더불어 제시문 독해에서 발생할 수 있는 오류를 90% 이상 줄일 수 있습니다.

또한 독해 시간도 줄일 수 있습니다. 현재의 논술 시험 방식은 보통 90분에서 150분 사이(참고로 서울대는 180분입니다. 정말 '허걱' 이라는 탄성이 절로 나올 것입니다)라는 정해진 시간 안에 논술 답안을 작성해야 합니다. 때문에 주어진 시간을 효율적이고 체계적으로 관리해야 합니다. 이것도 중요한 전략 포인트입니다. 그렇다면 이렇게 중요한 키워드는 어떻게 잡아야 할까요? 2005년 고려대 정시 문제에 나온 제시문을 통해 그 과정을 살펴보겠습니다.

우리가 가진 근본 욕구들 중에는 도덕적 충동에 따라 행동하려는 욕구가 있다. 그러나 큰 조직에서 우리는 그렇게 할 수 있는 자유를 불가피하게 억압받고, 조직의 규칙을 준수하도록 강요받는다. 그 규칙은 인간에 의해 고안되었지만 인간 자체는 아니다. 아무리 세심하게 만들어졌어도 거기에는 '사람의 손길(human touch)'과 같은 유연성이 없다. 조직이 크면 클수록 조직의 구성원은 도덕적 존재로서 자유롭게 행동하기가 점점 더 어려워진다. 그들은 흔히 이렇게 말하게 된다. "미안합니다. 제가 하는 일이 옳지 않다는 것은 알지만 이건 제가 받은 지시 사항입니다." 이처럼 큰 조직들은 아주 불량하고 부도덕하게, 또는 아주 어리석고 비인간적으로 움직이기 마련이다. 이는 그 구성원들이 본래 그래서가 아니라 그들이 조직의 크기에서 오는 하중을 받기 때문이다.

큰 조직 안에 있는 사람들은 바깥에 있는 사람들에게 비판을 받게 되지만 이런 비판은 마치 자동차가 배기가스를 배출한다고 해서 운전자를 나무라는 것과 같다. 천사라도 공기를 더럽히지 않고 차를 운전할 수야 없지 않겠는가? 결국 잘못은 조직의 구성원들에게 있다기보다는 조직의 크기에 있는 것이다. 개인들로 하여금 도덕적 충동에 따라 행동하지 못하게 하는 구조를 가진 사회는 부도덕하다. 조직이 지나치게 커지면 그런 바람직하지 못한 결과를 초래한다. 그래서 '거대주의에 의한 합리화'에 중독된 현대인들은 너무 커진 규모 속에서 좌절감을 느끼며 무기력해지는 것이다.

위 제시문은 전체 네 개의 지문 중 첫 번째 지문입니다. 우선 첫 단락에서는 "도덕적 충동, 조직, 억압, 구성원, 부도덕, 비인간적"이란 단어들이 눈에 띕니다. 그 중 "조직"과 "도덕", "구성원"이란 단어는 빈도가 높으므로 밑줄을 긋고 두 번째 단락으로 넘어가 보겠습니다. "조직, 구성원, 도덕적 충동, 부도덕, 거대주의, 합리화, 좌절감"이란 말들이 등장합니다. 단어들을 나열해 놓고 보니 첫 번째 단락과 중복되어 등장하는 말이 한 눈에 보입니다. 일단 이 단어들은 키워드로서의 충분조건을 갖춘 셈입니다. 여러 번 등장한 "조직, 구성원, 도덕적, 충동, 부도덕" 등을 일단 키워드로 설정해 봅시다.

이제 두 번째 단계인 주제문을 찾아보겠습니다. 주제문은 예외가 있긴 합니다만 대개 맨 앞이나 맨 마지막에 놓이는 것이 대부분입니다. 또한 '예시'보다는 '정의'의 서술 방법을 취하고, 지엽적인 것보다는 전체를 포괄한 일반적인 진술로 표현됩니다. 이러한 요건을 만족시키면서 키워드를 반영한 문장을 찾아보겠습니다. 첫 단락은 앞의 1~2문장, 두 번째 단락은 마지막 문장을 후보로 올려놓을 수 있습니다.

이렇게 잡은 문장들의 선후 관계를 따져봅시다. 보다 포괄적이고 중요한 문장을 정리해 보면, 첫 문장의 핵심 내용인 '큰 조직은 구성원들의 자유를 억압하고 규칙을 강요한다'는 것은 마지막 문장의 "거대주의에 의한 합리화"와 "좌절감"이라는 단어 속에 포함됩니다. 그렇다면 이 제시문의 주제문은 마지막 문장이 되는 것입니다. 이를 다시 키워드와 연결시켜 '비대하게 커진 현대 사회와 그 속에서 구성원들이 느끼는 무기력감' 정도로 자신의 주제문으로 바꾸어 보십시오. 이제 이 제시문에 대한 독해가 마무리되는 것입니다. 이 과정을 정리하면 다음과 같습니다.

> 제시문 훑어보기 → 단락별로 자주 등장하는 어휘 정리 → 빈도가 높은 어휘 3~4개로 압축 → 주제문 찾기 → 주제문과 키워드 연결 → 자신만의 주제문 완성

다시 말해 위의 지문에서 파악할 수 있는 주제문은 '조직이 커지게 되면 개인의 의지와 상관없이 무엇인가가 일어날 수 있고, 그에 따라 개인은 무기력해질 수 있다'는 것입니다. 이처럼 그 제시문이 나타내고자 하는 내용을 간단히 정리하는 것이 필요합니다.

이 글에서는 주제문을 찾는 방법을 제시하였지만 논술 문제를 자주 접하건 이와 같은 방법이 아니더라도 글을 읽으면서 제시문의 주제를

쉽게 파악할 수 있게 됩니다. 이를 위해서는 글을 많이 읽고, 주제를
요약하는 연습을 해야 할 것입니다.

제시문의 공통점과 차이점을 발견하라

1) 공통 주제 찾기와 독해의 맥

아무리 여러 개의 제시문이 등장해도 하나의 주제로 묶을 수 있어
야 합니다. 그래야 논술 문제로서 자격을 얻게 됩니다. 이 말을 거꾸
로 해석하면 결국 '제시문은 하나의 주제로 관통한다'는 의미를 가지
게 된다는 것입니다. 따라서 공통된 주제를 먼저 찾으면 제시문 독해
의 가장 중요한 맥락을 잡은 것입니다. 그럼 이후의 독해는 물 흐르듯
흐르게 됩니다.

공통된 주제를 잡기 위해서는 앞서 살펴본 제시문 파악의 법칙에
따라 각각의 제시문 분석에 충실하여 키워드를 찾는 것이 선행되어야
합니다. 이 키워드를 바탕으로 주제문을 가려내어 공통 주제를 이끌
어내면 좋습니다.

가끔은 동일한 소재를 다룬 글을 제시문으로 구성하여 공통 주제를
쉽게 찾을 수 있도록 문제를 출제하는 대학도 있습니다. 최대한 친절

을 베풀어 주는 것이지요. 그러나 대부분의 대학은 학생들의 독해 실력을 가늠해 보고자 시험대에 올려놓습니다. 때문에 뻔히 드러나는 힌트를 제공하지는 않습니다. 그럼 다음 예시 문제에서 공통 주제를 찾아보겠습니다.

[가] 가상공간에서 우리들은 다른 사람에게 자신의 생각을 전달하기 위하여 자신이 말하고자 하는 바를 잘 알 필요도, 예의를 지키며 조리 있게 대화해야 할 필요도 없다. 유즈넷의 역사가 그 증거이다. 혐오스럽고 짜증나는 의견을 내놓는 사람들, 거칠고 속된 언어를 사용하는 사람들, 또는 의사 전달 능력이 거의 없는 사람들 때문에 토론이 불쾌해지곤 한다. 그들만 아니었다면 대다수 참여자들에게 으약한 토론이 되었을 것이다. 어떤 사람들은 다른 사람들의 관심에 대단히 집착하고 그것이 부정적인 관심이라 하더라도 개의치 않는다. 또 어떤 사람들은 익명성이라는 방패를 사용하여 자신들의 호전성, 편협함, 가학적인 충동을 마음껏 표출한다. 온라인상의 대화에서 싸움을 즐기는 사람, 약한 자를 괴롭히는 사람, 고집불통, 돌팔이, 아무 것도 모르는 사람, 그리고 괴짜의 존재로 말미암아 공유지(共有地)의 딜레마라는 고전적인 비극이 발생한다. 만약 지나치게 많은 사람들이 다른 사람들의 관심사에 도달할 수 있는 공개된 통로를 이용한다면 대부분의 무임승차한 사람들이 그 대화를 가치 있게 만드는 사람들을 몰아내는 셈이 될 것이다.

[나] 육체를 성적(性的)인 맥락에서 성적인 자극과 흥분 상태를 드러내는 방식으로 다루는 것이 외설이라고 한다면, 예술이 그와 같은 표현 형식을 사용할 때는 분명히 예술도 외설이 아닐 수 없다. 일반적으로 하나의 고정 관념으로 고착화된 '예술이 아니면 외설' 이라는 식의 개념 정리는 그런 의미에서 잘못된 것이다. 육체는 성적으로 다루어질 자유를 가지며, 예술을 포함해서 사회의 모든 외설적 성

위의 제시문은 2004학년도 서강대학교 정시 문제입니다. 제시문 (가)는 하워드 라인골드의 『참여 군중』의 일부분이고, 제시문 (나)는 소설가 장정일 씨의 작품에 대한 음란성 재판 과정에서 제시된 변론기의 일부분입니다. 특히 (나)의 변론기는 강금실 전 법무부 장관의 글임이 밝혀져 출제 당시 화제가 되기도 했습니다. 이렇게 장황하게 제시문의 출전을 소개하는 것은 그럴 만한 까닭이 있어서인데, 바로 제시문이 이만큼 다양한 분야에서 등장한다는 사실을 여러분에게 확인시켜 주기 위해서입니다.

이제 본론으로 돌아와 우선 (가)에서는 "가상공간, 의사전달, 관심, 익명성, 공유지의 딜레마" 등을 키워드로 상정해 볼 수 있습니다. 이를 바탕으로 내용을 정리해 보겠습니다. "익명성을 내세운 가상공간에서 무책임한 말이 범람할 경우 자칫 대다수의 잘못된 견해에 밀려

소수의 가치 있는 의견이 설 자리가 없습니다"로 제시문 (가)는 정보화 사회의 부정적 측면에 대한 비판의 글로 볼 수 있겠습니다.

이제 제시문 (나)를 보도록 하겠습니다. 이 글은 개념의 정의에 관련된 내용이 많아 독해가 쉽지 않을 수도 있습니다. 대충 훑어보니 "예술, 외설, 표현, 반사회성, 음란, 본질적 기능, 현실" 등의 단어가 자주 등장하고 있습니다. 그리고 예술과 외설, 음란의 의미에 대한 내용을 담고 있습니다. 첫 문장에서 '외설'을 정의하고 다음 문장에서 이분법적으로 예술과 외설을 분류하는 것은 옳지 않음을 지적하며, '외설'과 '음란'의 의미가 다름을 주장하고 있음을 발견할 수 있습니다. 두 번째 단락에서는 예술이 존재 그 자체로서 사회적 가치를 지니는 것으로, 본질적으로 기존 가치나 질서와의 충돌이 있음을 전제하고 이를 예술의 본질적 기능으로 받아들여야 한다는 입장을 펼치고 있습니다. 내용 전개로 보아 주제문은 두 번째 단락의 마지막 문장에 있고, "예술의 표현의 자유를 인정해야 한다"는 주장으로 정리할 수가 있습니다.

이렇게 파악한 두 제시문의 요지를 바탕으로 서로 공통으로 다루는 것이 무엇인지 생각해 보겠습니다. 언뜻 보면 두 제시문이 서로 언급하는 분야도 다르고 접근 방법도 달라 쉽게 발견하지 못할 수도 있습니다. 그렇지만 조금만 더 깊이 주제를 생각해 보십시오. 두 제시문 모두 '표현의 자유와 사회적 책임'에 대해 다루고 있음을 파악할 수 있습니다. 그러면 같은 주제를 가진 두 글의 차이점은 무엇일까요? 서로 표현의 자유를 대하는 입장이 다른 점이 그 차이점입니다.

2) 차이점은 논지의 방향을 결정한다

여러 제시문의 공통된 주제 찾기는 독해의 기본 줄기를 제공합니다. 그리고 차이점 분석은 논제에 대해 어떤 입장을 취할 것인지 자신의 논지를 결정하는 나침반 역할을 합니다. 제시문에서 보여 주는 여러 견해들은 학생들에게 어느 쪽으로 길을 향하는 것이 보다 적절한지에 대해 알려 줍니다. 뿐만 아니라 어떤 근거를 바탕으로 자신의 입장을 선택할지에 대해서도 길잡이가 되어 줍니다.

위의 문제를 가지고 차이점을 짚어 보도록 하겠습니다.

앞서 살펴보았습니다만 제시문 (가)의 표면적 주장은 공통된 주제에 입각해 논의를 좁혀 보면 '무책임한 표현에 대한 경계'로 볼 수 있습니다. 한 마디로 표현의 자유에 대한 회의적인 시각입니다. 이에 반해 (나)의 입장은 예술의 본질적 기능을 들어 표현의 자유를 옹호하고 있습니다.

이와 같이 양쪽의 입장 차이를 명확히 짚어냈다면 논술 답안을 작성하기가 훨씬 수월해질 것입니다. 자신의 입장을 결정하고 그 논리적 근거를 찾으면 이미 답안의 60%는 완성된 셈입니다. 물론 논리적 근거도 제시문의 내용을 통해 충분히 활용할 수 있습니다.

다시 한번 정리하면 제시문이 3~4개 이상 주어졌을 때는 반드시 각 제시문을 아우르는 공통된 주제가 있고, 그 주제를 대하는 시각 차이가 존재합니다. 그 주제를 대하는 시각 차이는 자신의 논지를 결정하는 데 중요한 역할을 합니다. 우선 공통된 주제를 찾고 차이점을 찾아 보십시오. 그러면 논술 답안의 맥이 잡힐 것입니다.

논제의 연장선상에서 제시문을 파악하라

이쪽에서 잠시 논술 용어를 점검해 보겠습니다. 논술에서 가장 많이 사용하는 말은 아마도 논제(論題)일 것입니다. 사전적 의미로는 '논할 제목이나 주제' 로 파악하는데, 입시 논술에서는 넓은 의미로 **'논술 주제'** 를 가리키고, 좁게는 보통 발문이라 불리는 **'논술 문제'** 를 가리키는 말로 사용됩니다.

"일본 내의 욘사마 현상과 관련한 논제가 출제되었다" 에서의 논제는 논술 주제를 가리키는 말입니다. 한편 "논제 파악과 제시문 분석에

유의하라"에서의 논제는 논술 문제를 의미합니다. 또한 "논제의 연장 선상에서 제시문을 파악하라"에서 논제는 좁은 의미의 말로 볼 수 있습니다. 즉, 문제의 일부분으로 제시문을 파악하고, 문제의 지시 사항이나 출제 의도를 고려하며 제시문을 독해하라는 의미입니다. 다음은 동국대학교 2005년 정시 문제입니다.

① 제시문 (나)는 일찍이 '문화의 힘'을 강조한 백범 김구의 글이고, 제시문 (다)는 소프트 파워의 중요성을 강조하는 최근의 글이다.
② 제시문 (가), (나), (다)를 근거로 현재와 미래사회를 이끌어 갈 주체적이면서도 보편적인 '문화의 힘'에 대한 자신의 견해를 논리적으로 진술하시오.

①은 전제 부분으로 제시문의 대략적인 논의 방향을 보여 주고 있습니다. ②가 본격적으로 다룰 논제로 밑줄 친 부분은 논의의 줄기를 어떻게 잡아야 할지 설정해 주는 부분입니다. 출제자가 강조하는 것은 무엇일까요? '문화의 힘'으로 문화가 미래 사회의 경쟁력이 된다는 인식입니다. 이것이 논제의 바탕이 되고 있습니다. 따라서 제시문은 이러한 출제자의 의도를 고려하여 독해해야 합니다. 이러한 의도를 간과하고 자기 관점에서 독해를 하다가는 자칫 문화의 전반적인

특징이나 현대 사회 문화의 부정적 측면 쪽에 초점을 맞추는 오류를 범할 수 있습니다. 이렇게 되면 제시문 파악은 물론이고 전체 논술문의 내용이 출제 의도에서 크게 벗어나게 됩니다. 결국 오답을 작성하게 되는 것이지요.

논제에 충실한 제시문 독해를 해야 합니다. 제시문은 다양한 내용을 담고 있습니다. 때문에 출제자는 논제에서 제시문 독해의 방향을 미리 잡아 줍니다. 이러한 사실을 놓쳐서는 안 됩니다. 논제를 꼼꼼히 분석해야 합니다. 그리고 어떤 부분에 초점을 맞추어 제시문을 파악해야 할지 충분히 생각한 후 글을 쓰는 것이 좋습니다. 다시 한번 얘기하지만 논제 파악과 글을 쓰기 전 자신의 생각과 의견을 구체화시키는 단계에서 충분한 시간을 투자해 집중해야 합니다. 이 과정은 글을 쓰는 것 이상으로 중요합니다.

제시문 독해 능력은 요약 훈련으로 길러라

그렇다면 이렇게 중요한 제시문 독해 능력을 기르는 가장 효과적인 방법은 무엇일까요? 그것은 **'반복적인 요약 훈련'** 입니다. 특히 독해의 기본이 되는 키워드 잡기나 주제문 찾기는 요약 훈련에 고스란히 담겨 있습니다. 제시문 독해에 자신이 없다면 요약 훈련부터 차근차근

시작해야 합니다.

　논술 공부를 처음 하는 학생이라면 비교적 독해가 쉬운 교과서 지문이나 신문 칼럼 등을 중심으로 시작하십시오. 또 입시를 코앞에 두고 있는 학생이라면 기출 문제의 제시문이나 언어 영역의 비문학 제재의 글들을 교재로 활용해 연습하는 것이 좋습니다.

　요약 훈련을 할 때는 단순히 핵심 내용을 본문의 순서대로 정리하는 데 그치지 말고 자신의 언어로 재구성하는 연습을 병행하는 것이 좋습니다. 이러한 훈련이 바탕이 되면 논술 문제에 자주 등장하는 "제시문의 내용을 밝혀라"라는 요구 사항에 대해 자연스럽게 대비할 수 있게 됩니다. 이는 일석이조의 효과가 될 것입니다.

일관성의 법칙

- 글을 쓰는 목적을 점검하라
- 내용이 문제 해결 방향에 부합하는지를 확인하라
- 주장과 관련이 없는 내용은 과감히 버려라

'자다가 봉창 두드리는 소리한다'는 말이 있습니다. 대화 중에 갑자기 맥락에서 동떨어진 소리를 하는 경우에 이런 말을 합니다. 이러한 현상은 글을 쓰는 과정에서도 빈번히 일어납니다. 예를 들어 보겠습니다. 한참동안 담임선생님께 드릴 선물에 대해 이야기하다가 갑자기 선생님의 외모에 대한 이야기로 흐르고 있다면, 대화를 하는 목적과는 다른 방향으로 이야기가 진행된 것입니다. 물론 말을 하다 보면 잠시 다른 이야기를 할 수 있습니다. 하지만 논술 시험은 정해진 시간 안에, 정해진 분량 안에서 문제를 해결해야 합니다. 때문에 주제와 상관없는 주장들은 그것이 아무리 참신하고 깊이가 있다고 하더라도 정작 중요하게 하고자 하는 말을 효과적으로 전달하지 못하게 방해만 할 뿐입니다. 따라서 일관성을 해치는 언급은 가급적 피하는 것이 좋습니다. 일관성을 유지하는 데 필요한 지침은 다음과 같습니다.

글을 쓰는 목적을 점검하라

어떤 글이든 그 글을 쓰는 목적이 있습니다. 이 글로 내가 상대방에게 정확한 정보를 전달할 것인가(설명문), 설득할 것인가(논설문), 감정을 표현할 것인가(수필)를 정확히 인식하고 있어야 합니다. 논술은 '상대방의 동의를 얻는 것' 이 목적입니다. 따라서 글을 쓰는 동안 이 점을 늘 염두에 두어야 합니다. 되도록 감정적인 어조나 비유적 표현은 자제하고 객관적인 글이 되도록 노력하며 글을 써야 합니다.

다음 예문을 보겠습니다.

- 과학 사실의 발견은 인문적 인식의 변화를 가져오기도 합니다. 조선조 실학자들이 지동설을 접하면서 중국이 세계의 중심이라는 생각을 버리고 고유문화의 가치를 인식하기 시작했다는 점은 잘 알려진 사실입니다.

- 인문계를 선택한 나로서는 걱정하지 않을 수 없습니다. 과학적 사실에 대한 지

식을 덜 배우게 될 것이 분명한데, 나의 사고가 편협해지지 않을까 걱정됩니다.

짧은 문장이지만 첫 번째 문단은 정보 전달이나 설득을 목적으로 하는 성격을 가지고 있습니다. 그러나 두 번째 문단은 자신의 고민을 토로하고 있습니다. 이러한 경우 결국 무엇을 주장하고자 하는지 파악하기가 힘듭니다. 때문에 글을 쓰면서 글의 성격에 어긋나는 내용들은 수정하고 다듬어야 합니다.

내용이 문제 해결 방향에 부합하는지를 확인하라

내가 쓰는 글이 상대방의 동의를 얻어야 하는 객관적이고 논리적인 글이어야 함을 기억하고 있다면, 또 한 가지 결국 내가 이 글을 통해 하고자 하는 말이 무엇인지를 늘 염두에 두어야 합니다. 아마도 대입 논술에서는 논제에서 요구하는 핵심적인 물음(핵심 논제)이 곧 내가 전하고자 하는 핵심 주장이 될 것입니다. 따라서 내가 지금 쓰는 내용들이 이 글을 통해 주장하고자 하는 바에 부합하는 내용인지, 그리고 논제에서 요구하고 있는 과제들을 제대로 수행하고 있는지 점검해야 합니다. 특히 이 부분은 글을 쓰기 이전 개요를 작성하는 과정에서 반드시 미리 점검해 보아야 합니다.

예를 들어 결론적으로 "TV 시청을 자제하자"라는 메시지를 전하고자 합니다. 그런데 본론에서는 계속해서 TV 시청의 긍정적 효과에 대한 이야기가 나옵니다. 이럴 경우 내가 하고자 하는 핵심 주장이 무엇인지 파악하는 것은 어려워집니다. 자기 자신조차도 자신이 주장하는 내용에 일관성이 없고 중심을 잡지 못한다면, 그 주장에 대해 다른 사람의 동의를 얻기란 힘들 것입니다.

주장과 관련이 없는 내용은 과감히 버려라

글을 쓰기 위해서는 여러 가지 글감을 모아야 합니다. 그 글감들을 간략하게 적은 후 그것을 알맞게 배열하는 것이 '개요'인 셈입니다. 이 과정에서 아무리 그 주장이 옳은 말이라 할지라도 자신이 하고자 하는 말과 관련이 없다면 그 주장은 과감히 버려야 합니다.

다음의 예를 참고해 보겠습니다.

중심 생각 : 한글 전용은 점진적으로 이루어져야 합니다.

글의 전개
① 한글 전용은 우리가 생각하는 이상(理想)입니다.
② 한자어가 절반 이상을 차지하는 우리의 언어 현실도 간과할 수 없습니다.
③ 한자는 기본적으로 사물의 모양을 본떠서 만든 글자입니다.
④ 한글 전용은 감정적인 조치보다는 교육을 통하여 점진적으로 추진해야 합니다.

위 예시 글은 바르게 쓰인 글일까요, 아니면 잘못된 글일까요? 위의 글은 일관성을 잃은 글입니다. 위의 경우 중심 생각을 일관적으로 이어가려면 ③의 내용은 삭제되어야 할 것입니다. 문단이나 글 전체에 불필요한 내용이 들어가면 중심 생각을 찾기가 어려워집니다. 따라서 불필요한 주장은 미련 없이 버리는 것이 좋습니다.

어떤 글감을 쓸 것인지 버릴 것인지를 잘 판단하는 것만으로도 글 전체의 일관성에 많은 영향을 주게 됩니다. 따라서 글을 쓸 때에는 과연 이 내용이 내가 하고자 하는 말을 효과적으로 드러낼 수 있는지 아니면 방해가 되는지를 늘 점검하면서 작성해야 합니다. 그러기 위해서는 일단 주제를 명확히 정해야 합니다. 그리고 나머지 부수적인 주장들은 그 주제를 더욱 선명하게 드러내주는 내용들로 구성하는 것이 중요합니다. 글의 처음과 끝에서 하고자 하는 말이 '하나'가 되도록, 즉 일관되도록 노력해야 합니다. 이것을 **'일관성의 법칙'**이라고 합니다.

배경지식을 쌓는 가장 좋은 방법—교과서에 논술이 숨어있다

논술 시험의 제시문이 비록 교과서 밖에서 출제되지만 기본 개념이나 원리는 교과서와 밀접하게 관련되어 있다. 실제로 교과서에 실린 글들이 지문으로 많이 출제되기도 하므로, 내신과 수능 준비에 바쁜 학생들이라면 교과서 위주로 논술 시험을 준비하면 내신을 대비하는 데도 효과적인 방법이다.

시중에 나와 있는 교양서적과 논술 학원 교재에는 대학이 요구하는 것보다도 훨씬 어려운 내용이나 불필요한 내용이 많이 포함되어 있다. 아무리 어려운 문제라 하더라도 대학들의 기출문제를 잘 살펴보면, 교과서를 골고루 제대로 읽고, 교과서에서 제기되는 논쟁 지점들을 토론해 본 사람이라면 대부분 풀 수 있는 문제들이다. 한때 교과서 수준 이상의 문제가 출제된 것은 사실이다. 하지만 최근에는 대학들도 출판계와 학원가에서 만들어지는 교양 거품을 경계하며 교과서를 충분히 활용한 문제들을 내고 있을 뿐만 아니라 이후 논술과 면접은 더욱 교과서에 충실한 방향으로 갈 것이다.

객관성의 법칙

무턱 대고 주장만 하면 그 주장은 결코 다른 사람의 머리를 끄덕이게 할 수 없습니다. 주장을 듣는 사람이나 혹은 글을 읽는 사람을 설득시키고 싶으신가요? 그렇다면 그 주장을 뒷받침할 만한 충분한 근거가 뒤따라야 합니다. '어떤 이론이나 논리, 논리적인 근거'를 **'논거'**라고 합니다. 논거가 논술에서 중요한 이유는 논거를 통해 비로소 주장이 완성되기 때문입니다. 또한 논증력의 타당성 여부를 평가하는 결정적 잣대가 되기 때문입니다. 논거가 없으면 주장도 없습니다. 실과 바늘처럼 주장과 논거는 항상 같이 따라다닌다는 사실을 명심해야 합니다.

감정이 아닌 이성으로 설득하라

논술과 웅변은 모두 상대방에게 자신의 주장을 펼치는 데 그 목적이 있습니다. 그러나 이 둘의 가장 큰 차이점은 감정에 호소하느냐, 이성에 호소하느냐에 있습니다. 논술은 감성에 호소하는 것이 아닌, 이성과 논리에 기반을 둔 글입니다. 설득력 있는 논거를 제시하려면 마땅히 감정이 아닌, 이성에 호소해야 합니다. 논술 쓰기에 미숙한 학생의 글일수록 감정적인 생각으로 주장하는 글이 많습니다. 학생들이 특히 많이 범하는 오류의 유형은 다음과 같습니다.

첫째 유형, 제시된 사례에 대해 감정적으로 언급하는 경우
예) 사형 제도는 당연히 존속되어야 합니다. 유영철 같은 살인마를 살려두는 것은 말도 안 되는 처사입니다. 살인마에 희생된 가족들의 피눈물을 생각해서라도 사형제도는 존속되어야 합니다.

둘째 유형, 느낌표나 물음표를 활용하여 웅변조로 서술하는 경우
예) 신음하고 있는 백두대간을 둘러보라! 무책임한 개발 논리로 훼손된 자연은 우리에게 환경 재해로 앙갚음을 하고 있습니다. 이제라도 장기적인 환경 보호 대책을 세우고, 환경을 보존하기 위해 노력해야 합니다.

셋째 유형, 1인칭 주어의 빈번한 사용으로 글을 주관적으로 보이게 하는 경우
예) 나는 정보화 사회에서 개인의 사생활 보호가 최우선되어야 할 과제라고 생각합니다. 개인의 사적인 정보 유출이 심각하다고 생각되기 때문입니다. 얼마 전 필자도 내 정보가 무단으로 유출된 불쾌한 경험을 한 적이 있습니다.

이성에 호소하는 논거를 제시하려면 객관적인 서술 태도를 유지해야 합니다. 논거에 대한 감정적인 판단은 지양하고 평어체로 서술하는 것이 더 좋은 글입니다.

구체적이되 객관적인 논거가 설득력이 높다

구체성은 논거를 차별화시키는 중요한 요건입니다. 구체적인 논거가 설득력 있는 주장으로 받아들이게 하기 때문입니다. 따라서 논거는 구체적일수록 좋습니다. 그러나 여기에 한 가지 중요한 단서 조항이 있습니다. 구체적이되 객관적이어야 한다는 점입니다. 논술의 생명은 논리의 객관성과 타당성입니다. 구체적 논거를 염두에 두었으나 객관성을 무시하면 오히려 역효과를 거두게 됩니다.

많은 학생들이 구체적 논거를 드는 것이 효과적이라 해서 자신의 체험담을 논거로 활용하는 경우가 많습니다. 하지만 객관성을 확보하지 않은 지나치게 신변잡기적인 근거는 오히려 마이너스 효과를 낳는다는 점을 명심할 필요가 있습니다. 예를 하나 들어보겠습니다.

기계의 발달로 인한 시장체계의 성립은 대량생산으로 인한 인류의 몰개성화를 야기했다. 그렇다면 결국 이러한 사회적 변화들은 인간의 본연성으로부터의 이탈, 즉 인간 소외를 의미한다고 볼 수 있다. 시장 자본주의에서 인간은 단지 한 단위의 노동 요소로 간주된다. 소설 '변신'에서 그레고르가 벌레로 변한 날 만 결근했음에도 불구하고 전화를 걸어 그레고르를 몰염치하고 불성실한 무뢰 한으로 몰아붙이는 회사의 태도를 보면 인간 소외 현상을 볼 수 있다. 일말의 인간애도 없이 결근의 대가로 해직을 선고하는 회사의 행동은 인간 자체보다 그 인간의 노동적 가치를 중시하는 사회의 모습을 그대로 보여 준다. (서울대 모의고사 예시 답안 인용)

위의 예시는 서울대학교 모의고사 예시 답안의 일부로 창의성과 논거 부분에서 높은 점수를 받은 답안의 일부입니다. 이 답안의 경우 생활 체험담보다는 자신의 독서 체험을 논거로 활용하여 설득력을 높이고 있습니다. 일반적으로 자신의 생활 체험보다는 독서 체험이나 관련 시사 문제 등이 논거로서 더 높은 점수를 받습니다. 이는 객관성과 보편성의 확보가 얼마나 중요한 것인가를 반증하는 사례라 할 수 있겠습니다.

열 개의 불확실한 논거보다는 타당한 한 개의 논거가 낫다

논술 답안을 작성할 때 논제에 대한 자신의 질적 자신감이 떨어지면 양으로 승부하는 경우를 종종 볼 수 있습니다. 이는 뭔가 크게 착각하는 것입니다. 그저 그런 논거를 수십 개 나열하는 것보다는 제대로 된 타당한 논거 하나를 제시하는 것이 훨씬 효과적입니다. 이에 관한 자세한 설명을 위해 간단한 예시 답안을 하나 보도록 하겠습니다.

> 대중매체는 과소비 문화를 부추기는 데 앞장서고 있다. TV 홈쇼핑에서 하루 종일 이 물건이 얼마나 저렴하고 좋은지 설명하고 절호의 기회를 놓치지 말라고 한다. 광고에는 미남 미녀들이 등장하여 이 물건을 써서 정말 행복하다고 광고한다. TV 드라마에 등장하는 집에는 한결같이 값비싼 가구들로 장식되어 있고, 배우들은 명품 브랜드의 옷과 장신구로 치장하고 있다. 뿐만 아니라 대부분 가난과는 거리가 먼 부유층들로 묘사되어 있다.

대중매체가 과소비 문화를 부추긴다는 주장을 펼치기 위해 여러 가지 근거를 제시하고 있습니다. 하지만 모두 TV에 관련된 것이고, 그것도 광고와 드라마에 집중되어 있습니다. 좀더 논거를 정돈하여 내용을 집중할 필요가 있습니다. 내용상 차별점이 없는 비슷한 사례를 여러 개 나열하는 것은 오히려 초점을 흐려 산만한 인상을 줄 수 있습니다.

하나의 주장에 대해 앙상한 뼈대만 있는 여러 개의 논거를 나열하기보다는 단 하나의 논거라도 살을 붙여 논거로서의 역할을 충실히 할 수 있도록 구성해야 합니다.

첫인상의 법칙

- 시선을 끄는 내용으로 시작하라
- 문제 제기를 생략하지 말라
- 주의 환기와 문제 제기를 자연스럽게 연결하라

새해 첫날, 첫등교, 첫만남, 첫인상, 첫사랑…. 무엇인가 새롭게 시작한다는 의미에서 '처음' 처럼 중요한 말도 흔치 않습니다. '시작이 반이다' 라는 말이 있습니다. 처음이 어긋나면 계속 원치 않은 방향으로 나아가거나 중간에 회복한다 해도 2~3배의 노력이 필요하게 됩니다. 때문에 많은 사람들이 '첫인상' 과 '첫단추' 에 세심하게 공을 들입니다. 그만큼 첫인상이 중요합니다. 첫인상이 잘못되면 좀처럼 바꾸기가 쉽지 않습니다. 첫인상이 잘 전달되면 일단은 좋은 점수를 얻게 됩니다.

그렇다면 논술의 '첫인상' 은 무엇일까요? 바로 서론입니다. 서론에서 논의의 방향을 잘못 잡거나, 지나치게 상투적이고 밋밋하게 내용을 구성한다면 이미 높은 점수를 기대하기란 어렵게 됩니다. 잘 짜여진 서론이 나머지 논술 내용의 절반을 차지한다는 사실을 염두에 두십시오.

시선을 끄는 내용으로 시작하라

읽는 사람의 정신을 확 깨우는 내용으로 시작하십시오. 서론은 크게 두 가지 기능을 합니다. 첫 번째 기능은 독자에게 관심을 불러일으키는 것, 곧 주의를 환기시키는 것입니다. 두 번째는 앞으로 다룰 주제를 소개하는 문제 제기 기능을 합니다. 보통 서론의 맨 앞자리를 차지하는 것은 주의를 환기시키고 시선을 휘어잡는 내용입니다. 주의 환기를 통해 독자의 시선을 잡으면 그만큼 논술 쓰기가 수월해집니다. 서론에서 좋은 인상을 받은 독자는 이후의 작은 실수는 눈감아줄 만큼 관대해지기 때문입니다. 물론 좋은 성적을 미리 따놓고 들어가는 것이지요. 시선을 끄는 내용으로 서론을 시작하는 것이 좋습니다.

주제와 관련된 독서 체험이나 우화, 시사 이슈 등으로 시작하면 비교적 시선 끌기가 수월합니다. 그러기 위해서는 평소 글감을 충분히 준비해 두는 것이 좋습니다. 신문이나 배경 지식 자료를 접할 때 간략하게 어떤 주제와 관련성이 있는지 정리해 두십시오. 논술 쓰기에서 풍부한 서론을 구성할 수 있게 될 것입니다.

다음은 독서 체험을 서론에 활용해 채점 교수님에게 좋은 인상을 준 서론입니다. 어떤 점이 좋은지 생각해 보고 자신의 답안에 활용하도록 하십시오.

옛 우화 중에 이런 이야기가 있다. 원숭이 한 마리가 산에서 자유롭고 행복하게 살고 있었다. 그러던 어느 날, 여우가 꽃신을 들고 찾아왔다. 이걸 신으면 발에 돌이 박히지 않고 더 자유롭게 돌아다닐 수 있다는 여우의 말에, 원숭이는 그 후로 계속 여우가 준 꽃신을 신고 다녔다. 처음에는 여우의 말대로 더 많은 자유를 얻은 것 같았지만, 여름이 되어 꽃신을 벗자 발바닥이 아파 더 이상 맨발로는 걸을 수 없는 자신을 발견했다. 그리고 원숭이는 뒤늦게 여우가 자신에게 준 꽃신이 더 큰 자유가 아닌 무서운 속박이었음을 깨닫게 되었다. 원숭이와 꽃신의 관계는 인간과 기계 문명 사이의 관계와 같다. 산업혁명 이후로 계속된 교통과 통신 등 과학기술의 발달과 공업의 발달은 인류에게 많은 물질적 풍요를 가져다주었다. '아는 것이 힘이다'라고 말한 베이컨의 발전 지향적 사고에 따라 노력해온 결과, 재화의 생산량은 증대되고 공간 거리는 단축된 것이다. 하지만 원숭이가 더 이상 맨발로 걸을 수는 없었듯이, 문명의 발달

에 따른 여러 가지 부작용이 나타났다. (서울대학교 모의고사 예시 답안 인용)

어떻습니까? 무엇을 말하려고 하는지 그 대략의 방향을 잡을 수가 있지요? 그리고 그 내용이 흥미진진하지 않습니까? 첫인상이 잘 만들어진 것입니다. 이처럼 첫인상이 좋으면 그 이후의 개념 정리가 훨씬 쉽고, 자신의 의견이나 생각이 훨씬 잘 전달됩니다. 첫인상을 잘 만드는 것에 주의를 집중해야 합니다.

문제 제기를 생략하지 말라

문제 제기는 앞서 살펴보았듯이 서론을 구성하는 중요한 한 축입니다. 따라서 문제 제기가 제대로 이루어지지 않으면 서론은 뒤뚱두뚱 흔들릴 수밖에 없게 됩니다. 이것을 생략하면 서론 자체는 무너지게 됩니다. 문제 제기를 생략하지 마십시오.

일부 학생들 중에는 자연스럽게 문제 제기를 하라는 조언을 잘못 받아들여 문제에 대한 언급 없이 주의 환기와 관련된 내용으로만 서론을 마무리하는 경우가 있습니다. 문제 제기를 자연스럽게 하라는 것은 "과연 개인과 사회의 갈등을 극복할 수 있는 방안은 없는 것일까요?"와 같은 판에 박힌 의문형이나, "법적 적용의 한계에 대해 살펴보겠습니다"와 같은 정형화된 청유형으로 건조하게 서술하지 말라는 것이지 아예 문제 제기를 생략하라는 것은 아닙니다. 대신 "법적 적용의 문제가 최근 논란의 초점이 되고 있습니다" 정도로 문제 제기를 평서형으로 자연스럽게 이끌어내라는 뜻입니다. 때문에 위의 예시 글의 매끄러운 문제 제기를 눈여겨볼 필요가 있습니다.

그런데 사실 평서형으로 자연스럽게 문제 제기를 이끌어내기까지는 쉽지 않습니다. 그러기 위해서는 충분한 글쓰기 훈련을 거쳐야 합니다. 평서형으로 서술하는 것이 익숙하지 않다면 청유형으로 제시해도 됩니다.

중요한 것은 얼마나 효과적으로 본론에서 다룰 주제를 제시하고 있는가, 그리고 그 과정이 논리적 단계를 밟고 있는가라는 점입니다. 서론의 마지막 부분에서는 반드시 핵심 문제를 제기해야 합니다. 그래서 독자로 하여금 이 논술문에서 어떠한 내용이 전개될지 대략적인 틀을 짐작하게 해주어야 합니다. 어떤 내용이 본론에 제시될지 모호하다고 생각되는 순간, 채점자들은 논제 파악 능력을 의심하게 됩니다. 이는 곧 감점 요소로 연결된다는 사실을 잊어서는 안 됩니다.

주의 환기와 문제 제기를 자연스럽게 연결하라

주의 환기와 문제 제기의 기능이 다르다고 해서 그것이 별개의 주제를 다루어서는 안 됩니다. 하나의 주제 안에서 관련성을 가지며 논의를 펼쳐야 합니다. 그래야 각각의 기능을 제대로 살릴 수 있습니다. 즉, 주의 환기와 문제 제기가 자연스럽게 연결되어야 각각의 역할도 돋보이게 됩니다. 아무리 그럴듯한 화제로 관심을 불러일으켰다 하더라도 문제 제기와 논리적으로 연결되지 않으면 무용지물이 되어버립니다. 주의 환기와 문제 제기가 물 흐르듯 연결되어야 비로소 제대로 된 서론이 완성되는 것입니다.

그런데 논리적으로 글을 쓸 기회가 많지 않았던 여러분들이 주의 환기와 문제 제기를 자연스럽게 연결하기는 말처럼 그리 쉬운 일은 아닐 것입니다. 많은 학생들이 주의 환기에 지나치게 치중하다가 논리적 연결 고리 없이 성급하게 문제 제기를 하기도 합니다. 또한 제시한 문제와 직접적 관련이 없는 엉뚱한 내용으로 서론을 시작하고 억지로 문제에 꿰맞추려는 시도를 하기도 합니다.

주의 환기와 문제 제기를 자연스럽게 연결하기 위해서는 서론의 시작을 지나치게 넓은 범주에서 시작하지 않는 것이 좋습니다. 논의의 범주가 넓으면 문제 제기와 논리적으로 연결시키기 위해서는 당연히 거쳐야 할 단계가 많아집니다. 이 경우 결국 주의 환기가 장황해지거나 문제 제기에서 논리적 비약이 생기게 됩니다. 논의의 범주를 좁혀 문제 제기에 집중할 수 있도록 주의를 기울여 보십시오.

서론 단락, 이것만은 하지 말자

＿ 서론이 길어지고 장황해지면 지루한 글이 되기 쉽다.

＿ 서론에서 너무 단정적으로 의견을 피력하면 독자들이 호기심과 관심을
보이지 않을 수 있다.

＿ 양은 전체 글의 5/1 내외 수준으로 대개 원고지 한 장 안팎이다. 많은
학생들이 의욕과 욕심을 가지고 서론을 아주 장황하게 서술하는 경향
이 있는데, 이를 주의하고 핵심만 밝혀야 한다.

＿ 거창하고 멋있게 시작하거나, 상식적인 이야기를 길게 늘어놓지 말라.

＿ '～에 대해 살펴보겠다'오· 같은 상투적인 말로 본론을 제시하지 말라.

다른 생각의 법칙

- 뻔한 얘기는 매력이 없다
- 브레인스토밍을 활용하라
- 논리를 바탕으로 한 참신함으로 튀어야 한다

선입견의 힘은 생각보다 대단합니다. 한 연구 결과에 따르면 미리 사람들에게 어떤 도형을 보여 주기 전에 그것이 '정삼각형' 이라고 미리 알려주었을 경우, 대개는 그 도형이 찌그러져 있더라도 정삼각형으로 인식한다고 합니다. 사물을 인지하기 전 아무런 말도 듣지 못했다면 우리는 그 도형의 정확한 생김을 판단했을 것입니다. 하지만 우리는 먼저 들었던 말 한마디로 인해 그러한 생각의 활동 과정 자체를 생략해 버린 것입니다.

최근 성공한 광고나 영화를 한 예로 든다면 우리가 익히 알고 있는 얘기를 전혀 새롭고 참신한 시각으로 바라본 경우가 많습니다. 광고나 영화에서만 그런 참신함이 가능한 것일까요? 그렇지 않습니다. 당연한 논리라도 '어떻게' 바라보고 접근하는가에 따라 훨씬 강력하게 그 의미가 인식되기도 합니다. 남과는 다른 생각, 차별화된 사고가 현대 사회를 살아가는 데 중요한 요소가 되었습니다. 이와 마찬가지로 같은 제시문과 같은 논제를 가지고도 특별한 시각으로 바라보는 것은 가장 확실한 차별화 요소가 되는 것입니다.

뻔한 얘기는 매력이 없다

익숙한 대상을 새로운 관점으로 바라본 글은 독창적이고 참신하기 때문에 읽는 사람들의 흥미를 끌 수 있습니다. 하나의 같은 대상이라도 다른 관점이나 기준으로 바라보십시오. 그러면 그 모습이 전혀 다르게 해석될 수 있습니다. 다른 관점으로 바라보는 방법 가운데 하나는 대상의 이면(裏面)을 바라보는 것입니다. 어떠한 일이든 절대적으로 옳거나 그르거나, 긍정적이거나 부정적이거나 하지는 않습니다. 하나의 기준으로만 대상을 판단해서는 안 됩니다.

좋은 논술 글을 쓰기 위해서는 자신만의 안목과 견해를 갖는 것이 무엇보다 중요합니다. 그러기 위해서 가장 필요한 훈련은 평소에 스스로에게 당연하게 여겨지는 생각에 시비를 걸고 딴지를 거는 훈련을 해야 합니다. 말하자면 자기 자신에게 또는 세상에 대해 '삐딱하게 바라보기'가 필요한 것입니다.

대개 학생들이 작성하는 논술 글은 뻔한 얘기로 기승전결을 이어가는 글이 많습니다. 자칫 지루하고 고루한 글이 되기 십상이지요. 그러나 우리는 이러한 무난한 글, 즉 모범 답안처럼 보이는 글을 쓰려고 많은 시간과 노력을 들입니다. 대개 시험에 나올 만한 주제에 관련한 배경지식을 달달 외우고, 책에서 읽은 내용이나, 신문과 잡지에서 읽고 들은 내용을 암기하여 그대로 쓰기 때문입니다.

그런 방식으로 글을 쓰게 되면 자신의 견해를 드러내기도 힘들거니와 색깔이 불분명한, 어정쩡한 글을 쓰게 될 가능성이 많습니다. 행여나 한번도 본 적이 없는 주제로 논술 답안을 작성하게 될 경우라도 배경지식이나 사전지식이 없다고 생각하고 스스로의 의견을 개성 있게 작성하는 편이 오히려 읽는 이의 공감을 얻기가 더 쉽습니다.

늘 하던 생각의 틀에서 벗어나는 것, 조금은 다른 시각으로 상황을 바라보는 것, 같은 이야기를 전하더라도 독창적인 시각으로 바라볼 수 있다는 것. 이들은 글쓰기뿐만 아니라 생활의 모든 분야에서 절실하게 필요한 부분이기도 합니다.

브레인 스토밍을 활용하라

브레인 스토밍(Brain Storming, 자유 연상하기)이란 원래는 여러 사람이 하나의 주제에 대해 서로의 의견에 대한 비판 없이 다다익선으로 생각을 모으는 집단 사고 활동을 뜻합니다. 한 사람의 생각이 다른 사람의 또 다른 생각을 자극하여 무궁무진한 연상이 가능하다는 이론입니다. 물론 이는 생각을 많이 하다 보면 그 가운데 쓸만한 생각을 건질 수 있다는 전제가 깔린 사고 방법입니다만 하나의 주제에 대해 그야말로 어떠한 제한도 없이 자유롭게 사고를 발전시켜 나가보십시오. 정말 생각지 못한 참신한 아이디어를 끌어낼 수 있게 될 것입니다.

예를 들어 '종이를 찢는다'는 생각에서 출발한다면 '종이를 붙인다', '종이를 자른다', '하늘을 가른다'와 같이 전혀 다른 시각으로 발전할 수 있습니다. 이처럼 다른 생각을 하는 방법은 비단 대입 논술에서만 필요한 것이 아니라 인생의 경쟁력을 만들어 나가는 과정에서도 아주 중요한 역할을 합니다.

그러나 브레인 스토밍을 실행할 때는 주의해야 할 사항이 있습니다. 많이 사용되는 기법이기는 하나 만능은 아니기 때문이지요. 우선 브레인 스토밍은 광범위하거나 복잡한 문제일 경우에는 사용하기에 적합하지 않습니다. 단순하고 명료한 문제에만 사용해야 합니다. 또한 문제의 성격상 시행착오를 거쳐야 하는 상황일 경우에도 적합하지 않고 한번에 해답을 얻을 수 있는 문제가 적합하다고 할 수 있습니다.

이 책의 뒷부분에서는 색다른 관점에서 생각을 차별화하는 방법에 대하여 살펴볼 것입니다. 나중에 이 부분을 차근차근 읽어보시기 바랍니다.

논리를 바탕으로 한 참신함으로 튀어야 한다

자유 연상이든, 다른 관점으로 바라보는 것이든 보다 중요한 사실은 **'참신함과 엉뚱함은 구별'** 되어야 한다는 것입니다. 사고를 다른 관점에서 보라는 말이 무턱대고 전혀 다른, 즉 말도 안 되는 기준에서 연상하라는 뜻은 아닙니다. 참신함과 신선함은 **'논리에 바탕을 둔 생각'** 이어야 가능합니다. 새로운 시각으로 관찰한다는 것은 중요합니다. 하지만 누가 보아도 '타당하고 그럴듯한 논리' 를 바탕으로 한 납득할 만한 관점이어야 합니다.

　비록 주제를 새로운 시각으로 접근했다고 하더라도 그 시각을 뒷받
침할 만한 타당한 근거가 없다면 논리적으로 아무런 관련이 없는 그
야말로 '생뚱맞고 황당한' 주장이 되고 마는 것입니다.

논술 문장 제대로 쓰기 하나, 논술 문장은 짧고 간결해야 한다

__ 논술글은 구체적인 문장으로 서술하자. 간혹 멋있게, 유식하게 쓰려고 문학적으로 멋들어진 표현이나, 외래어, 외국어, 한자를 많이 쓰기도 하나 오히려 글의 흐름을 부자연스럽게 만든다.

__ 전달 의미나 기준이 모호하고 달라질 수 있는 표현을 사용하지 말자. 특히 '많이, 예쁜, 사악한' 등 형용사가 이에 해당되는데, 가능한 한 형용사류의 단어는 쓰지 않는 것이 좋다.

__ 명사구를 남용하지 말자. 명사형을 사용하기보다는 서술어로 처리하여 문장을 간결하게 하고, 지나친 줄임 표현보다는 의미관계를 정확하게 하도록 문장을 풀어 쓴다.

예) 중요시되고 있다. → 중요하다

　　규제 위반시 → 규제를 위반했을 때

__ 한 문장 안에 너무 많은 내용을 넣으려 해서는 안 된다. 논술 문장은 불필요한 군더더기가 없고, 짧고 간결해야 분명하게 의미를 전달할 수 있다. 그래야 다음 문장과의 관계 속에서 중심 생각을 일관되게 드러낼 수 있기 때문이다. 바로 '논술 문장은 경제적'이어야 하는 이유가 여기에 있다.

__ 그렇다고 지나치게 짧은 문장만으로 연결해 나가는 것도 좋지 않다. 이 때는 문장이 조각조각 나뉘어 글이 끊어지는 느낌이 들기 쉽다. 당연히 논의가 전개되기 힘든데, 평소에 앞뒤로 문장을 읽어나가면서 자연스러운 문장의 맥을 익히면 문장감각을 얻을 수 있다.

간결 표현의 법칙

- 문장이 길어지면 초점이 흐려진다
- 중언부언(重言復言)은 금물이디

　같은 내용이라도 '누가' 말하느냐에 따라 혹은 '어떻게' 설명하느냐에 따라 이해 수준이 크게 달라졌던 경험이 있으신가요? 쉬운 야기도 지나치게 어렵게 설명해서 더더욱 머리를 복잡하게 하는 사람이 있습니다. 또 아무리 어려운 내용이라도 '쉽게' 설명하는 사람도 있습니다. 같은 내용을 전달해도 그것을 '어떻게' 표현하느냐에 따라 전혀 다른 결과를 가져오기도 합니다.

　글을 잘 쓰는 사람도 마찬가지입니다. 최대한 **'경제성'**을 살리는 것이 필요합니다. 하고자 하는 말만 정확히 하고 불필요한 말은 과감히 버리십시오. 명료하게 표현하는 것이 읽는 사람의 이해를 돕는 최선의 방법입니다.

문장이 길어지면 초점이 흐려진다

우리는 흔히 '아는 척' 할 수 있는 문장이 좋은 문장이라고 생각합니다. 기왕이면 어려운 단어, 전문가들이 하는 단어들을 구사하면서 문장을 구성하면 그것이 좋은 문장이라고 생각하는 경우가 많습니다. 과연 그럴까요? 가장 좋은 문장은 쉬운 언어로 분명하게 뜻을 전하는 문장입니다. 특히 논술문에서 비유적인 표현은 삼가는 것이 좋습니다. 논술은 무엇보다 객관적이고 논리적이어야 하는 글입니다. 감정에 취한 어조나 의미를 해석하는 데 오해가 생길 수 있는 표현은 피하도록 하십시오. 수식어로 포장된 언어는 정확한 뜻을 전하기 어렵습니다. 논술에서의 문장은 시나 소설에서의 문장과 다릅니다. 의미가 분명해야 좋은 문장입니다.

하나의 문장에는 과연 몇 가지의 생각을 담을 수 있을까요? 원칙적으로 하나의 문장에는 하나의 내용만을 담고 있어야 합니다. 하나의 문장에 두 가지 이상의 생각을 동시에 담으려 하다 보면 그 관계를 파악하기가 어려워지기 때문입니다.

의미가 불명확한 예를 하나 보여드리겠습니다.

> 해와 달은 생명체의 생존에 절대적인 영향을 미치기 때문에 신화가 그 존자들
> 을 이야기하는 것은 당연한 것이므로, 우리의 신화에도 해와 달에 관한 이야기
> 가 매우 풍부합니다.

위의 문장이 무엇을 말하고자 하는지 금방 알기 힘들지요? 이 문장은 의미상으로 세 가지를 포함하고 있습니다.
1) 해와 달은 생명체의 생존에 절대적인 영향을 미친다.
2) 신화는 해와 달을 이야기하지 않을 수 없다.
3) 우리의 신화에도 해와 달에 관한 이야기가 많다.

통째로 한 문장에 여러 내용을 전달하고자 하면 의미를 전달하기가 어렵습니다. 하지만 이렇게 세 문장으로 나누어서 표현하면 그 의미가 분명하게 전달이 됩니다. 이것이 인과관계를 설명하기 위한 최소한의 단계인 셈입니다.

뜻이 불분명하게 전달되면 그것은 좋은 문장이 될 수 없습니다. 좋

은 문장은 어려운 문법 관계를 적용하여 여러 가지 의미를 담고 있는 문장이 아닙니다. 의미가 하나로 명료하게 떨어지는 문장입니다. 그런 측면에서 문장은 가능한 단문으로 표현하는 것이 좋습니다. 주어와 동사, 그리고 목적어로 이루어진 기본 문형이면 충분합니다. 길게 써서 좋을 게 없습니다. 다음의 예에서 단문이 주는 효과를 살펴보겠습니다.

- 나는 그가 도둑질을 하지 않을 사람이라는 것을 분명하고도 확실하게 믿어 의심치 않는다.

- 나는 그가 도둑질을 하지 않을 사람이라고 확신한다.

두 문장 가운데 어떤 문장이 더 명확하게 전달이 될까요? 당연히 두 번째 문장입니다. 생략해도 의미 전달에 큰 지장이 없는 경우에는 간략하게 의미를 전달하는 것이 좋습니다.

- 인간과 자연이 유기적인 관계에 있음은 삼척동자도 다 알고 있는 분명한 사실입니다.

- 인간과 자연은 유기적인 관계에 있습니다.

이 문장에서 전하고자 하는 요지는 결국 인간과 자연이 유기적인 관계에 있다는 것입니다. 그렇다면 최대한 간략하게 하고자 하는 말만 정확히 표현하면 됩니다. 불가피한 경우를 제외하고는 간단한 문장으로 표현하십시오. 명료하고 간단한 문장이 생각을 전달하는 최대의 표현법입니다.

중언부언(重言復言)은 금물이다

대화를 하거나 글을 읽을 때 가장 사람을 지치게 하는 것이 무엇일까요? 바로 '했던 말을 또 하고 또 하는 것' 입니다. 특히 논술 답안을 쓸 때 논제에 대해 특별히 아는 것도 없고, 분량은 억지로 채워야겠고… 이럴 때 대부분 앞에서 했던 말을 계속해서 되풀이, 즉 중언부언하게 됩니다.

논술이 아는 만큼 쓰는 정직한 시험이라는 말은 괜한 말이 아닙니다. 논술은 정직합니다. 아는 것이 많으면 자연히 할 말도 많아지게 됩니다. 얼마든지 같은 내용도 다른 사례를 통해 설명할 수 있게 됩니다. 좋은 말도 계속 들으면 싫어진다고 합니다. 아무리 재미있는 얘기라도 두 번 들으면 그 효과가 엄청나게 반감되듯이, 앞에서 했던 주장을 반복하지 않도록 해야 합니다.

논술 문장 제대로 쓰기 둘, 주어에 맞는 서술어를 쓰자

우리말의 기본 구성은 주어와 서술어 형태다. 이때 주어는 표현할 주체를 뜻하며, 서술어는 이 주체의 속성이나 행위를 말한다. 글에서 주술이 맞지 않는 문장이 때때로 많은데, 그 이유는 서술어에 호응하는 주체를 주어로 써야 하는데, 이는 우리말이 주어를 잘 쓰지 않는 언어라서 글을 쓰다가 원래의 주어를 잊어버리기 때문이다. 이는 대체로 문장이 길어지면서 흔히 일어나는 일이므로 문장을 짧게 쓰면 이런 비문법적인 문장을 쓰는 실수를 막을 수 있다.

검증의 법칙

- 평가가 없으면 발전이 없다
- 꾸준한 평가로 단점을 바로 잡아라
- 평가를 받은 후에는 반드시 답안을 다시 작성하라

끙끙대며 한 편의 논술 답안을 작성한 뒤에 느끼는 뿌듯함은 힘겹게 산 정상에 오른 느낌과 비슷합니다. 논술을 작성하는 일은 한 걸음 한 걸음 산봉우리를 향해 오르는 것처럼 인내심을 요하는, 쉽지 않은 일이기 때문입니다. 그런데 여기에 만족해서 주저앉아서는 안 됩니다. 그러면 더 이상의 실력 향상을 기대하기란 어렵습니다. 더 높은 산을 향해 오르고자 한다면 객관적 평가를 통해 반드시 자신의 실력을 점검해야 합니다.

평가가 없으면 발전이 없다

논술을 다 쓴 후에는 반드시 타인의 시선을 통해 객관적인 평가를 받는 것이 좋습니다. 글쓰기는 주관적 속성이 강해서 스스로 자신의 글의 논리적 허점이나 부적절한 표현을 발견하기가 어렵기 때문입니다. 그럼에도 불구하고 많은 학생들은 평가를 중요하게 생각하지 않습니다. 이유가 무엇일까요?

대충 글자 수 맞추기에 급급해서 글을 쓰는 학생도 있기는 합니다만 대부분 큰마음 먹고 논술 답안을 작성합니다. 나름대로 최선을 다해 쓴 글입니다. 때문에 겉으로는 자랑하지 못해도 은근히 마음속으로는 '이 정도면 괜찮게 썼겠지'라고 생각하기 마련입니다. 그런데 대뜸 논술 지도 교사나 담임선생님으로부터 "주제가 불명확하고 논제를 잘못 파악했다"라는 지적을 받습니다. 그러면 자존심도 좀 상하고 은근히 반감도 생기게 됩니다. 그리고 '흥, 논술 첨삭 지도가 부실해'라며 평가받기를 거부합니다. 자, 이 단계를 넘어서지 못하면 결코 앞으로 나아갈 수 없습니다.

객관적 평가의 내용을 받아들이십시오. 좋은 약은 본래 입에 쓰다는 옛 격언에도 있듯이 앞으로의 실력 향상을 위해 받아들여야 합니다. 평가가 없으면 발전이 없다는 사실을 반드시 기억하십시오.

꾸준한 평가로 단점을 바로 잡아라

　꾸준히 논술 답안을 작성하는 것은 물론 중요합니다. 동시에 다른 사람으로부터 받는 평가도 1~2회에서 끝나지 말고 5회 이상 받는 것이 좋습니다. 논제에 따라 답안의 수준이 다르게 마련이고, 1~2호로 자신의 논술 실력이 온전히 드러나지 않을 수 있기 때문입니다.

　학생들의 답안을 보면 동일한 오류가 반복되는 경우를 자주 접하게 됩니다. 그것은 평가 내용을 건성으로 보았기 때문입니다. 다양한 논제에 대해 꾸준히 평가를 받다 보면 공통적으로 지적되는 상황이 있을 것입니다. 이를 메모하여 단점을 바로 잡는 것이 중요합니다. 단순하게 잘못을 파악하는 데서만 그쳐서는 안 됩니다. 그것을 학습에 적용시켜야 합니다. 가령 공통적으로 제시문 파악이 잘못되었다는 지적을 받았다면 자신의 독해 방법에 문제가 없는지 살펴보십시오. 그리고 독해력을 기르기 위한 훈련을 하셔야 합니다.

평가를 받은 후에는 반드시 답안을 다시 작성하라

　다른 학습도 마찬가지지만 논술도 복습이 중요합니다. 평가를 받고 난 논술 답안을 책꽂이 어디쯤에 장식용으로 꽂아두시지는 않았는지요? 이제 다시 그것을 꺼내어 보십시오. 지적 내용을 바탕으로 다시 답안을 작성해 보면 효과를 높일 수 있습니다. 특히 맞춤법이나 띄어쓰기 등의 눈에 띄는 오류에 대한 지적은 바로 답안에 적용하여 수정하십시오. 그러면 기억 속에 오래 남아 동일한 실수는 줄어들게 될 것입니다.

답안을 다시 작성하여 1차 답안과 비교해보고 개선된 점과 여전히 부족한 점을 스스로 평가해보는 것도 좋은 방법입니다. 논술 공부를 함께 하는 친구가 있다면 '부끄럽다' 거나 '자존심이 상한다' 라고 생각하지 말고 서로 답안을 바꿔서 평가를 해보세요. 논술 실력을 향상시키는 데 큰 도움이 될 것입니다.

논술 문장 제대로 쓰기 셋, 감정을 담지 않은 평서문으로 쓰자

__ 청유, 의문, 감탄, 명령둔에는 필자의 주관적 정서가 담긴 문장이 되므로 객관성을 유지할 수 있는 평서문으로 글을 작성하자.

__ 절대적인 감정 표현의 어휘인 '반드시, 매우, 가장, 언제나, 꼭, 기필코' 같은 말을 쓰지 말자.

__ 자신의 단정적인 주장을 위해서는 근거가 있어야 하는데, 이때는 유명한 철학자나 지식을 끌어들여 인용하면 효과적으로 자신의 의견을 객관화하는 데 좋은 방법이다. 이외에 격언, 통계자료, 진리, 새로 발견된 과학적 사실 등으로 뒷받침하면 좋은 논술 글이 된다. 가령 "최근 발표된 통계에 따르면"이라든가, "일찍이 격언에 '가는 말이 고와야 오는 말이 곱다'라고 했다"와 같은 식으로 일반적이고 보편적인 진술로 서술하면 글의 설득력이 높아진다.

글을 쓰는 행위는 자기를 지켜가는 삶의 방식이고

자기의 존재를 열어가는 길이다

-이관용

제 2 장

남다른 발상이 경쟁력이다

—논술형 생각 습관 9가지

다르게 생각하라

■아이작 뉴튼의 남다른 생각
■가우스의 거꾸로 보기
■엘리베이터 안에 거울 붙이기

앞에서도 여러 차례 얘기한 바 있지만 논술을 잘하기 위해서는 무엇보다 생각이 창의적일 필요가 있습니다. 남들과 다른 관점을 갖고 있어야 읽는 사람의 주의를 끌 수 있고, 좋은 평가를 받을 수 있기 때문입니다. 그런 측면에서 남들과 다르게 생각하기는 아주 중요합니다. 지금부터는 다르게 생각하기에 대하여 살펴보겠습니다.

곰곰이 생각해보면 인류 문명이 오늘날까지 끊임없이 발전을 거듭해온 것은 생각을 달리한 데서 시작되었습니다. 과학적 발견, 인문학적 발견 모두가 생각을 다르게 함으로써 시작된 것입니다. 과거의 고정관념을 버리고 새로운 생각이 시작될 때 이전에 보지 못하던 결과가 나오게 된 것입니다. 다르게 생각하기의 예와 그 효과, 그리고 그 방법에 대하여 살펴보고자 합니다.

아이작 뉴튼의 남다른 생각

다른 것은 기본적으로 강합니다. 이것은 비단 학문에서뿐만 아니라 인간 생활의 대전제입니다. 사람은 다른 것을 보게 되면 한번이라도 주의를 더 기울이게 되고, 더 보게 되고, 더 생각하게 됩니다. 다르면 놀라움이 증가하게 되고, 정보처리가 증가하게 되며, 결과적으로 선호도가 증가하게 됩니다. 그래서 다른 것은 강합니다. 더 정확히 말하면 다른 생각이 강한 것입니다. 세상의 모든 아이디어는 다른 생각으로부터 나옵니다.

예를 하나 들어보겠습니다. 가을에 사과가 익으면 땅으로 떨어집니다. 당연한 이치입니다. 이것은 세상 사람들이 다 아는 것이고, 인류가 수천 년간 몸으로 익혀온 경험입니다.

"사과가 땅으로 떨어진다…"

당연한 것이지요. 그런데 어떤 사람이 이와는 다른 관점에서 사물을 바라보았습니다.

"아니, 저것은 열매가 떨어지는 게 아니라, 땅이 잡아당기는 거야!"

완전히 다른 관점의 생각입니다. 아니 어떻게 그런 생각을 했을까요? 그래서 나온 이론이 만유인력의 법칙입니다. 바로 아이작 뉴튼(I.Newton)입니다. 참으로 특이한 사람입니다. 모든 사람이 사과가 땅으로 떨어지는 것을 당연한 것으로 여겼는데, 유독 뉴튼은 사과가 왜 하늘로 안 올라가고, 옆으로 안 날아가고, 땅으로 떨어지는지를 고민했습니다. 그러다가 나온 결론이 땅이 사과를 잡아당긴다는 것입니다. 이처럼 색다른 관점의 생각이 만유인력을 발견하게 된 계기가 되었습니다. 다르게 생각하기의 좋은 예입니다.

가우스의 거꾸로 보기

이번에는 수학 영역인 가우스의 정리에 관한 얘기입니다. 가우스(Gauss)는 세계적으로 유명한 수학자 중의 한 사람입니다. 이 일화는 그가 10살 때의 이야기입니다. 교실에서 장난만 치는 아이들을 조용히 시키기 위해 선생님은 푸는 데 많은 시간이 걸리는 문제를 하나 내

주었습니다. "1에서 100까지의 자연수의 합을 구하라"가 바로 그 문제였습니다. 선생님이 보시기에 이 문제는 10살짜리 학생들이 풀기에는 상당한 시간이 걸리는 문제라고 본 것이지요. 그런데 불과 몇 분 후에 한 학생이 보란 듯이 장난을 치고 있는 것이 아니겠습니까? 괘씸하다 생각하신 선생님은 호되게 야단을 칠 요량으로 문제의 답이 무엇인지 물어보았습니다. 그때 가우스는 자신 있게 답을 말하고, 다음과 같이 풀이 방법까지 설명하였습니다.

$$1 + 2 + 3 + \ldots + 98 + 99 + 100$$
$$100 + 99 + 98 + \ldots + 3 + 2 + 1$$
$$101 + 101 + 101 + \ldots\ldots 101 + 101 + 101$$
$$(101 \times 100) / 2 = 5050$$

가우스가 계산한 방법은 이렇습니다. 1에서 100까지의 숫자를 늘어놓은 후, 그 밑에 반대의 숫자를 다시 늘어놓습니다. 그러면 각각의 단위 숫자의 합은 모두 101이 되는데, 이것이 100개가 있습니다. 101이 100개가 있으면 10100이 되고, 이를 2로 나누면 5050이 된다는 것입니다. 이 이후로 1부터 N까지의 합은 N×(N+1)/2라는 공식이 도출되었습니다. 이것이 바로 그 유명한 가우스의 정리입니다. 놀랍지 않습니까? 아니 어떻게 이런 생각을 했을까요? 가우스가 남과 다르게 생각한 사고의 배경은 바로 그가 숫자를 거꾸로 본다는 데 있었던 것입니다. 그의 풀이 방법은 그때까지 아무도 생각해내지 못한 방법이었습니다. 참으로 통찰력 있고 놀라운 생각이었습니다.

세상은 나날이 발전하고 컴퓨터는 사람보다 더 많은 정보를 저장하고, 더 빨리, 더 정확하게 정보를 처리해냅니다. 그럼에도 불구하고 사람이 컴퓨터보다 우월한 것은 바로 다르게 생각할 수 있다는 점입니다. 대학은 어떤 사람을 원하겠습니까? 사회는 어떤 사람을 원하겠습니까? 바로 다른 관점에서 사물을 보고, 다른 각도에서 문제를 생각할 수 있는 사람을 원하게 됩니다. 또 다른 생각은 새로운 결과를 만들어냅니다. 그래서 다른 생각에는 힘이 있는 법입니다.

엘리베이터 안에 거울 붙이기

다른 생각의 멋진 결과는 사물의 관계를 새롭게 볼 수 있게 된다는 데 있습니다. 해결해야 할 문제를 끊임없이 고민하다 보면 소위 문제의 핵심을 관통하는 새로운 관점이 나오게 됩니다. 여기에 도달하기 위해서는 상당한 노력이 필요합니다. 그러나 열심히 노력하다 보면 그렇게 어렵지도 않습니다. 예를 하나 들어 보겠습니다.

세계적인 엘리베이터 저조회사인 오티스(OTIS)에서 엘리베이터를 처음 만들었을 때에는 속력이 매우 느렸습니다. 한 건물에 들어서 있는 엘리베이터의 대수도 적고 속력도 느리니 이용자들의 불만이 많았습니다. 엘리베이터 회사는 이를 하루빨리 해결해야 된다는 사실은 알고 있었지만, 그것이 그리 쉽지는 않았습니다. 엘리베이터의 속도를 빠르게 하는 데에는 시간과 기술과 돈이 많이 들기 때문입니다.

결국 해결하기 어려울 것 같았던 이 문제는 한 여성 엘리베이터 관리인의 생각을 통해 간단하게 해결되었습니다. 그것은 엘리베이터 안에 거울을 붙여놓는 것이었습니다. 그 이후로 엘리베이터의 이용자들은 거울을 보느라, 엘리베이터의 속력이 느리다는 것을 잊어 버렸습니다. 이들은 더 빠른 엘리베이터를 설치하지 않고, 이용자들의 시간에 대한 관념을 바꾸어 놓은 것입니다. 아주 흥미 있는 사례입니다. 돈이 들었나요? 시간이 들었나요? 아주 간단한 관점의 차이에 의해 문제가 해결된 것입니다.

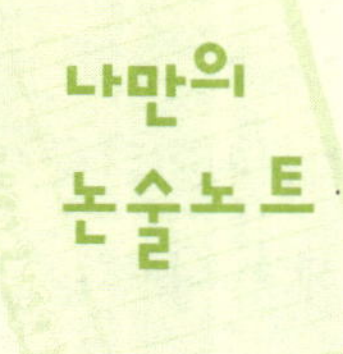

문장에서 군살 빼기 하나, 불필요한 어휘를 쓰지 말자

＿ 문장에서 필요가 없는 어휘를 쓰는 버릇이 있는데, '～의 경우, ～에 관하여, ～에 대하여'가 그 대표적인 예라고 할 수 있다. 이는 대개가 버릇처럼 마구 쓰는 문장의 군살이다.

예) ▪필자가 글을 쓰는 과정 자체가 대상에 대한 판단의 과정이다.

→ 필자가 글을 쓰는 과정 자체가 대상을 판단하는 과정이다.

▪다시 무역–금융의 복합적인 분야에 대해서 이들 체제간 양립성에 대한 문제가 대두하였다.

→ 다시 무역–금융의 복합적인 분야에 체제간 양립성 문제가 대두되었다.

고정관념을
새로운 관점으로 살펴라

- 고정관념은 왜 생기는가?
- "바로 그거야!"

사람들은 수많은 고정관념을 가지고 살아갑니다. 예를 들어 의사를 떠올려 봅시다. 의사하면 어떤 것이 연상됩니까? 하얀 가운을 입고, 금테 안경을 쓰고, 공부를 많이 하고, 돈도 많이 버는 전형적인 부르주아의 모습을 떠올릴 것입니다. 또 경상도 남자는 무뚝뚝하고, 틀이 없고, 남을 잘 챙겨주는 맘도 부족하다는 생각이 듭니다. 꽃을 선물할 때도 "오다 주웠다"며 머쓱하게 내미는 경상도 사나이를 떠올릴 법합니다.

이 밖에도 우리의 고정관념은 무척 많습니다. 예를 들어 남남북녀라는 말이 있습니다. 남쪽은 남자가 잘 생겼고, 북쪽은 여자가 잘 생겼다는 말입니다. 또 예로부터 혼처를 고를 때 셋째 딸은 얼굴도 보지 않고 데려간다는 말이 있습니다. 보나마나 애교 있고, 싹싹하고, 예쁘다고 생각하기 때문이겠지요.

이처럼 의사, 변호사, 남남북녀, 셋째 딸에 대한 고정관념을 갖고 있습니다. 우리는 왜 이러한 고정관념을 갖고 있을까요? 이유는 간단합니다. 우리가 이러한 고정관념을 갖고 있으면 그 대상을 차근차근히 살펴보지 않아도 쉽게 이해되기 때문입니다. 세상엔 정보가 너무 많습니다. 그렇기 때문에 이를 일일이 처리할 수 없고, 평소에 쌓아온 고정적인 생각으로 쉽게 그리고 간명하게 이해하고자 하는 것입니다.

이것이 바로 **인지적 효율성**입니다. 사람은 어떠한 형태로든 세상의 일들을 유목화(Categorization)하여 기억에 저장합니다. 그런데 이러한 유목화는 인지적 비용을 대폭 줄여줍니다. 다시 말해 고정관념을 갖게 되면 유목화가 쉽고, 세상을 이해하는 데 크게 노력하지 않아도 된다는 것이지요. 세상에 벌어지는 모든 일들을 간단하게 처리할 수 있기 때문입니다.

고정관념은 왜 생기는가?

고정관념은 이렇게 작동합니다.

'저 남자가 왜 저렇게 무뚝뚝하지? 아, 경상도 사람이겠구나.'

'저 사람이 의사라고? 흠… 돈 많이 벌겠군.'

'부럽다. 신부가 셋째 딸이야? 볼 것도 없구먼. 셋째 딸은 얼굴도 안 보고 데려간다는데….'

이렇게 고정관념은 세상에 대한 정보처리를 쉽게 만들어줍니다. 그러나 이러한 고정관념은 사실일까요? 사실일 수도 있고, 아닐 수도 있습니다. 저는 친절한 경상도 사람을 많이 알고, 재정이 어려워 병원을 폐업하는 가난한 의사도 꽤 많이 봤습니다. 그렇지만 사람들은 깊숙이 뿌리박고 있는 선입견에 근거하여 정보처리를 시작합니다. 그래야 머리가 편하기 때문입니다. 그렇다면 고정관념은 좋은 것인가요? 나쁜 것인가요? 고정관념은 좋고 나쁨의 문제는 아닙니다. 단지 세상에 대한 정보를 좀더 쉽게 이해하기 위하여 사람들이 사용하는 일종의 인지적 방편일 뿐입니다.

"바로 그거야!"

이러한 고정관념을 새로운 관점으로 살펴보는 것은 매우 중요합니다. 고정관념을 새로운 관점으로 살펴보면 사물의 존재가 새로운 의미로 다가옵니다. 또 고정관념을 벗어나면 재미있는 관점이 많이 생깁니다.

예를 들어 보겠습니다. 16세기의 모든 과학자는 지동설이 아니라 천동설이라는 고정관념을 갖고 있었는데, 천동설에 입각한 천체를 수학적으로 증명한 적이 있었습니다. 그러나 이러한 고정관념은 갈릴레오에 의해 뒤집혔습니다. 고정관념이 깨진 것입니다.

19세기의 과학자는 인간이 만든 물체는 하늘을 날 수 없다는 것을 수학적으로 증명한 적이 있습니다. 그러나 이것 역시 라이트 형제에 의하여 뒤집혔습니다. 역시 고정관념이 깨진 것입니다. 고정관념이 항상 옳지는 않습니다.

재미있는 또 다른 예를 들어 보겠습니다. 미국 샌디에이고에 있는 엘 코데츠 호텔을 높이 증축할 때의 일이었습니다. 증축한 부분에 올라갈 엘리베이터 공사를 하려니, 각 층마다 방을 잘라 없애고 새로 엘리베이터 통로를 만들어야 할 형편이었습니다. 엘리베이터 전문가들이 이를 보며 고심하는 모습을 보고 지나가던 한 인부가 중얼거렸습니다.

“이상도 하지, 엘리베이터를 왜 건물 밖으로 세우지 않을까?”

인부의 중얼거림을 우연히 듣게 된 이 회사의 한 중역이 무릎을 탁치며 말했습니다.

“바-로 그거야!”

이렇게 해서 세계 최초로 멋진 항구를 바라볼 수 있는 옥외 전망용 투명 엘리베이터가 탄생하게 되었습니다. 참 재미있습니다. 건물 안에만 엘리베이터를 달아야 된다고 누가 법으로 정해 놓았나요? 시키지도 않았는데, 괜히 사람들이 그렇게 생각한 것입니다.

다른 사례를 하나 더 들어 보겠습니다. 사일러스 맥코믹이란 사람이 이발소에 갔을 때였습니다. 이발사들이 기계로 머리를 깎는 것을 보고 문득 한 가지 생각이 떠올랐습니다.

‘곡식을 거두어들일 때 사람들은 왜 이 원리를 이용하지 않을까?’

그래서 자동차에 ‘머리 깎는 기계’를 달아서 대평원을 깎아내기 시작했던 것입니다. 어렵다고요? 그렇지 않습니다. 많은 사람들이 남다른 생각, 창의적인 사고에는 거의 마법과 같은 특별한 인지과정이 필요하다고 여기지만, 창의적인 사고와 일반적인 사고에서 일어나는 인지적 과정은 거의 유사합니다. 우선 우리 주변을 둘러싸고 있는 수많은 고정관념들을 찾아서 정의해 보고, 태클을 걸어 다르게 해석해 보시기 바랍니다. 고정관념에서 벗어나면 이렇게 놀랍고 새로운 관점이 생깁니다.

문장에서 군살 빼기 둘, 한자화 접미사를 남발하지 말자

__ 한자화 접미사 '–적(的)'은 한자어 명사에 붙여 '–와 같은 것' 또는 '–와 같은'을 뜻하는 명사로, 관형어를 만드는 데 쓴다. 특히 보고서나 논문에서 일본어식 표현을 모방한 '–적'을 분별없이 마구 사용하고 있는데, 자칫 관념적인 글이 되기 쉽다.

__ 한자화 접미사 '～적(的)' '～화(化)' '～하(下)' '～상(上)' '～시(視)'를 되도록 적게 쓴다. 이는 지나치게 지식을 과장하려고 보일 뿐 아니라 문장도 어색해지기 쉽다.

예) ■여기서 말하는 환경이란 직접적, 간접적으로 작용하는 상황적 요인이다.

→ 여기서 말하는 환경이란 직·간접으로 작용하는 상황 요인이다.

■경제 파국의 직접적 원인은 외환 위기다.

→ 경제파국의 직접 원인은 외환 위기다.

지식의 힘을 키우는
근육학습을 하라

학습은 여러 갈래로 나눌 수 있습니다. 조건학습, 단순암기학습, 의미연상학습, 정보조직화학습 등등 여러 가지가 있습니다. 그러나 수많은 학습 중 가장 어려운 단계가 '**근육학습(Mussle Learning)**' 입니다. 근육학습이란 머리가 학습한 것이 아니라 근육이 학습하는 것을 말합니다. 예를 들어 보겠습니다.

어린아이가 자전거를 배우려 합니다. 옆에 있던 엄마가 열심히 알려줍니다. 핸들 잡는 법, 페달 밟는 법, 달리는 법, 멈추는 법을 세심하게 일러주겠지요. 그때마다 아이는 고개를 끄덕이며 알았다고 의기양양하겠지요. 그러나 막상 자전거를 타고 앞으로 나갈 때마다 중심을 못 잡고 곧잘 쓰러지곤 합니다. 무릎이 깨지고, 피가 나고, 화가 나고, 울고불고 난리가 납니다. 왜 엄마가 시키는 대로 안 될까요? 그 이유는 머리로는 이해했는데 그대로 몸이 안 움직였기 때문입니다. 더 정확히 말하자면 머리는 학습을 했는데 근육이 아직 학습을 못했기 때문입니다. 그러나 시간이 흐르게 되면 아이가 자전거를 타기 시작합니다. 시행착오를 겪다가 어느 순간 중심을 잡고 달리기 시작합니다. 바로 근육학습이 이루어진 것입니다.

근육학습은 학습 중에서도 가장 이루기 힘든 학습입니다. 왜냐하면 머리가 아닌 근육이 학습하는 것이기 때문입니다. 그러나 근육학습은 한번 학습되면 잊어버리지 않는 특징을 갖고 있습니다. 한번 자전거를 타는 것이 몸에 익게 되면, 10년 정도 자전거를 타지 않아도 다시 타는 데 큰 문제가 없습니다. 처음에는 조금 서툴지 모르겠으나 이내 곧 다시 잘 타게 됩니다. 이것이 근육학습의 특징입니다. 남다른 생각을 하려면 머리로만 하지 말고 근육으로 학습해야 합니다.

근육학습의 2가지 요소

근육학습은 **'원리를 이해'**하는 데에서 출발합니다. 겉으로 드러난 현상에 대한 이해만으로는 부족하며, 왜 그러한 이유가 발생하는지에 대한 근본 원리를 이해해야 합니다.

예를 들어 "자동차에 기름을 넣고 가속페달을 밟았더니 차가 가더라"라는 것은 현상입니다. 이와 같은 학습은 근육학습이 될 수 없습니다. 사물의 원리가 아닌 현상만을 이해했기 때문입니다. 근육학습이 되기 위해서는 "기름을 넣은 것은 연료펌프와 연료필터를 지나 엔진에 흡입되는데, 전기적 폭발에 의해 돌아가는 실린더에 가속페달을 밟으면 공기를 더 주입하게 되고, 공기가 더 주입되면 폭발이 증가하고 되고, 그에 따라 엔진의 출력이 증가하게 되고, 결과적으로 차의 속력이 증가한다"는 일련의 원리, 메커니즘을 알고 있어야 한다는 것입니다.

이것은 매우 기초적인 내용인데 이를 제대로 이해하지 못하는 경우가 많습니다. 많은 사람들이 현상과 현상의 관계만을 보고 원리를 다 이해한 것으로 알고 있는 경우가 많기 때문입니다.

두 번째는 원리에 대한 이해를 통해 **'예측'**할 수 있어야 한다는 것입니다. 근육학습이 되려면 원리를 알고 있어야 하며, 그것을 통해 다음에 벌어질 일을 예측할 수 있어야 합니다. 위에서 얘기한 자동차의 예를 다시 들자면 연료주입부터 출력증강까지의 원리를 이해하고 있으면 각 세부 단위를 조절함으로써 결과의 변화를 예측할 수 있게 됩니다.

예를 들어 연료펌프를 변화시킬 경우, 점화장치를 변화시킬 경우, 가속페달을 통해 엔진에 들어가는 공기의 순도를 조절할 경우 결과가 어떻게 변화될지 예측할 수 있어야 합니다. 만약 이것이 없다면 단지 기름을 넣고 가속페달을 밟으면 차가 간다는 것 이외에는 아무것도 예측할 수 없기 때문입니다.

다시 말해 원리를 이해하고, 예측할 수 있는 힘이 있어야 비로소 근육학습이 되었다고 말할 수 있습니다. 적어도 이 단계의 학습과정에 이르지 않은 '앎' 이란 그냥 주워들은 것일 뿐 진정으로 안다고 할 수는 없습니다. 선무당에 다름없지요. 내가 가지고 있는 지식이 힘을 가지려면 선무당의 수준을 넘어서 반드시 근육학습이 되어야 합니다. 그러기 위해서는 원리에 대한 이해와 예측력이 구비되어야만 하는 것입니다.

방법과 프로세스 이해는 배경지식의 원천이다

지금까지 논의한 2가지 요소는 근육학습을 구성하는 아주 중요한 내용입니다. 여기에 한 가지 내용을 더 추가한다면, 그것은 **'절차에 대한 이해'**가 있어야 한다는 것입니다. 이것은 다른 말로 하면 **'방법과 프로세스를 이해'**해야 한다는 것을 의미합니다. 방법과 프로세스를 이해하는 것은 개인 사고의 경쟁력에 차이를 가져오는 아주 중요한 요소이다. 뿐만 아니라 개인이 가진 지식 정도의 차이에 크게 영향을 받을 수 있는 지식자산의 원천이 됩니다.

세상만사가 원인에 의해서만 결과가 뚝 떨어지는 게 아닙니다. 특정한 절차, 즉 방법과 프로세스에 의해 결과가 천차만별로 바뀌게 됩니다. 남자와 여자가 만날 때 어떠한 절차와 방법을 따르느냐에 따라 두 사람의 관계가 천차만별하게 됩니다. 처음 만났을 때의 절차, 중간의 절차, 결과의 절차가 다 다른 것입니다. 그만큼 절차와 방법이 중요한 것이지요.

철을 만들 때 담금질이라는 것을 하게 되는데, 이때도 그 절차에 따라 철의 강도와 성격이 다 달라집니다. 사용된 철의 원료는 똑같으나 어떠한 절차를 사용했느냐에 따라 만들어지는 철의 결과가 달라집니다. 그런 측면에서 절차와 방법, 프로세스에 대한 지식 역시 매우 중

요한 요소가 됩니다. 완벽한 근육학습을 이루려면 이와 같이 절차에
대한 지식도 매우 중요한 것입니다.

문장에서 군살 빼기 셋, 복수접미사 '들'을 남발하지 말자

글을 쓸 때 무심코 복수접미사 '들'을 불필요하게 연결하는 경우가 많
은데, '흔히들, 자신들이'가 바로 그것이다. 이는 '흔히, 자신이'라고
쓰면 된다.
예) 은행감독자는 은행에 대해 건전성 보고서들과 통계자료들을 수집,
검토, 분석하는 방법들을 보유해야 한다.
→ 은행감독자는 은행에 대해 건전성 보고서와 통계자료를 수집·
검토·분석하는 방법을 보유해야 한다.

관형사 '이, 그, 저'가 복수라고 할지라도 복수 접미사 '들'을 붙여서
는 안 된다. 즉 '이들 지역은, 그들 모녀는, 저들 나라'는 각각 '이 지
역들은, 그 모녀는, 저 나라들'로 써야 한다.

창의적인 발상을 하려면
작은 차이를 놓치지 마라

■ 관광객과 어부의 바라보는 관점의 차이
■ 폭풍을 발생시키는 나비의 날갯짓

창의적인 생각을 위해서는 작은 차이에 민감해야 합니다. 작은 차이에 민감해야 남들이 간과하고 넘어가는 작은 변화를 포착할 수 있고, 그런 연후에야 새로운 아이디어를 찾아낼 수 있고 남다른 통찰을 얻어닐 수 있습니다. 대부분의 사람들이 큰 차이만을 바라볼 때 작은 차이를 볼 수 있어야 스스로뿐 아니라 남들에게 놀라움을 줄 수 있습니다.

관광객과 어부가 바라보는 관점의 차이

작은 차이를 놀라운 관점으로 살펴본 예를 하나 들어보겠습니다. 어떤 관광객이 해변가를 거닐다, 한 어부가 파도에 휩쓸려 해변으로 올라온 불가사리들을 물 속으로 되돌려 보내는 것을 보았습니다. 이를 이상하게 생각한 관광객이 어부에게 물었습니다.

"지금 뭐 하고 계시는 거예요?"

그가 대답했습니다.

"불가사리들이 달라 죽지 않기 위해 바다 속으로 되돌려 보내고 있습니다."

기이한 생각이 든 관광객이 다시 질문했습니다.

"이 해변에는 수천 마리가 넘는 불가사리가 널려 있습니다. 당신이 이런 일을 한다고 뭐가 달라지겠습니까?"

그러자 그 어부가 미소를 지으며 불가사리 한 마리를 집어 올려 바다로 되돌려 보내면서 이렇게 말했습니다.

"지금 저 한 마리에게는 엄청난 큰 차이가 있겠지요."

참 재미있는 일화입니다. 이 관광객은 자신의 입장에서 불가사리를 바라본 것이고, 그 어부는 불가사리의 입장에서 살펴본 것입니다. 이 얘기에서 누가 맞고 누가 틀렸는가는 중요하지 않습니다. 다만 중요한 점은 대부분의 사람이 사람을 중심으로 불가사리를 바라보았고, 또한 불가사리를 필요 없는 존재로 생각하고 있었는데, 그 어부는 불가사리의 입장에서 생각했다는 사실입니다. 즉 우리가 미처 생각하지 못했던 또 다른 차이점을 바라본 것입니다. 매우 재미있는 관점의 변화이며, 새로운 해석이며, 작은 차이를 살펴본 것입니다.

남다른 생각을 하기 위해서는 작은 차이에 민감할 필요가 있습니다. 모두 한쪽을 바라볼 때 다른 쪽을 바라보려면 작은 차이를 느껴야 합니다. 그것이 다른 생각으로 가는 중요한 변수입니다.

폭풍을 발생시키는 나비의 날갯짓

작은 차이의 중요성이 이론적으로 증명된 것이 카오스 이론입니다. 카오스 이론에 따르면, 북경에 있는 나비의 날갯짓이 다음달 뉴욕에서 폭풍을 발생시킬 수도 있다는 것입니다. 이른바 카오스라 불리는 이 가상의 현상은 기존의 과학법칙으로는 설명할 수 없는, 작은 변화가 결과적으로 엄청난 변화를 가져올 수 있는 경우를 표현하는 것입니다.

조금 복잡하지만 카오스 이론의 내부로 적당히 들어가 보겠습니다. 이 이론은 기상학자 로렌츠(E. Lorentz)가 시작한 말입니다. 흔히 과학적으로 설명하기 힘든 불규칙적인 현상으로 간주되는 수도꼭지에서 쏟아지는 물의 운동이나 담배연기의 퍼짐, 그리고 생물체의 분포와 변화 등은 기존의 과학 차원에서는 해석하기가 불가능했습니다. 왜냐하면 처음 조건의 미세한 차이가 결과적으로 매우 큰 차이를 나타내고 있기 때문입니다.

예를 들어 압력밥솥에서 뜨거운 김이 훅 뿜어져 나왔다고 합시다. 압력밥솥에서 나온 뜨거운 김이 어떻게 퍼져나갈지 전혀 예측할 수 없습니다. 그러나 그 배출된 김은 공간 속으로 퍼져 나갑니다. 예측할 수 없지만 특정 공간에 상당한 영향력을 미치게 되는 것입니다. 우리가 보는 대부분의 자연현상들은 이처럼 혼란스런 모습을 띠고 있지만 예전의 과학자들은 오랫동안 이런 현상들에 무관심했습니다.

과학자들은 그것들이 단지 복잡하기 때문에 무질서한 모습으로 보일 뿐이지 좋은 컴퓨터만 있으면 이러한 운동들을 이해할 수 있을 것이라고 생각했습니다. 그러나 카오스 이론이 등장하면서 아주 단순한 세계에서도 복잡한 세계와 같은 무질서와 혼돈이 나타난다는 것이 밝혀졌습니다. 다시 말해 작은 차이에 의해 결정적인 차이가 도출된다는 것을 증명한 것입니다.

이것과 관련해서 기존의 과학에서는 작은 차이가 결정적인 차이를 낳을 수는 없다고 생각했습니다. 나뭇잎 하나가 떨어지는 것 정도는 지구와 태양의 만유인력에 거의 아무런 영향도 끼치지 않는 것처럼, 매우 미세한 영향은 무시될 수 있다는 생각입니다. 이런 생각은 자연계가 스스로를 조화롭게 만들어 가는 안정된 집합체라는 믿음에 따른 것입니다. 따라서 불규칙한 진동이나 소음과 같은 것들은 그 효과가 아주 작은 것으로 쉽게 넘어가지만, 나비효과의 예가 보여주듯이 카오스 이론은 이런 가정을 부정하고 있습니다. 즉 이전의 과학에서 원인의 작은 차이는 결과에서도 작은 차이로 나타나기 때문에 수학적으로 계산해낼 때 큰 오차가 없다고 여겼지만, 카오스 이론에서는 그것이 커다란 차이로 나타날 수 있다고 생각하게 된 것입니다. 재미있지요? 결국 작은 차이가 결정적인 차이를 유도할 수 있다는 사실을 증명한 셈입니다.

그러나 카오스 이론에 대해 너무 단순하게 접근하면 곤란합니다. 특히 일부 철학자들이나 과학자들은 카오스 이론이 인과법칙을 아예 파괴한다고 주장하고 있는데, 대부분의 일반 사람들이 이와 같은 주장에 쉽게 동조합니다. 그러나 카오스 이론은 절대로 인과법칙을 파괴하는 이론은 아닙니다. 인과법칙에 대한 근본적인 믿음이 깨지면 카오스라는 것 자체가 성립할 수 없기 때문입니다.

물론 여기서는 물리학을 공부하는 시간은 아닙니다. 여기서 중요한 얘기는 작은 차이에 의해 결정적 차이가 발생할 수 있다는 내용이 물리학에서도 증명되고 있다는 사실이고, 그것의 요체가 카오스 이론이라는 것이지요. 즉 작은 생각의 차이가 큰 현실의 차이로 변화될 수 있고, 이를 위해서는 작은 것도 놓치지 않는 꼼꼼함이 필요하다는 것입니다.

가장 많이 틀리는 띄어쓰기 하나, 의존명사와 조사를 구분하자

만큼/대로/뿐: '-ㄴ, -는, -ㄹ' 어미 아래에 쓰는 의존명사와, 경사·대명사·수사 뒤에 쓰는 조사가 있다. 이때 조사는 붙여 쓰되, 의존명사는 반드시 띄어 쓴다.

예) ■ 노력한 만큼 보람을 얻다. / 너 먹을 만큼만 가지고 가라. (의존명사)

■ 이만큼 재미있는 책은 없다. / 여자도 남자만큼 일해야 한다. (조사)

■ 잘난 사람 잘난 대로 살고, 못난 사람 못난 대로 산다. / 느낀 대로 본 대로 말하다. (의존명사)

■ 규칙대로 처벌하여라. / 너는 너대로 살고, 나는 나대로 산다. (조사)

■ 그는 허공을 망연히 응시할 뿐 아무 말이 없었다. / 그는 시인일 뿐 아니라 화가이기도 하다. (의존명사)

■ 이 세상에서 믿을 사람이라곤 오직 너뿐이다. / 내가 가진 돈이라곤 이것뿐이다. (조사)

★ 조사와 의존명사의 구분 방법

조사는 명사 뒤에(너대로/남자만큼/너뿐), 의존명사는 용언의 활용형 뒤(앞말이 -ㄴ, -은, -는, -ㄹ이 붙은 것; 잘난 대로/먹을 만큼/예쁠 뿐)에 나타난다.

사고력을 집중시키는
몰입을 경험하라

- 몰입의 순간 새로운 발상이 떠오른다
- 한 가지 생각에만 집착하지 마라

몰입이란 말은 사고에 있어서 매우 중요한 개념입니다. 온전히 몰입하게 되면 그것을 온전히 즐길 수 있게 됩니다. 왜냐하면 자신을 잊어버리고 그것에 빠지기 때문입니다. 게임하는 사람을 생각해 보세요. 게임하다 보면 날밤 새우기 일쑤입니다. 게임을 하다 보면 자기도 모르는 사이에 시간이 훌쩍 지나가버리고 맙니다. 저녁나절에 시작한 게임에 몰입하다 보면 어느 순간 창밖이 뿌옇게 날이 밝아옵니다.

예전부터 몰입은 즐거움의 한 경지로 이해되었습니다. 몰입의 경지를 보여주는 대표적인 한 예가 독서삼매경(讀書三昧境)입니다. 독서를 하다 보면 자신을 잊어버리게 됩니다. 가을날 좋은 책을 시간 가는 줄 모르고 읽다 보면 역시 날밤 새우기도 합니다. 좋은 생각을 도출해내는 가장 좋은 방법 중 하나가 몰입입니다. 수많은 결정적인 아이디어가 바로 이 몰입을 통해서 나옵니다. 좋은 생각과 좋은 관계, 좋은 아이디어를 얻으려면 몰입해야 합니다. 몰입하게 되면 자신을 잊어버리고, 온전히 그것을 즐길 수 있게 됩니다. 그러면 이전에 보이지 않던 관계가 보이게 됩니다.

몰입의 순간 새로운 발상이 떠오른다

아르키메데스의 그 유명한 유레카 이야기는 다 알고 계실 겁니다. 어느 날 왕이 갓 만든 금관을 구했는데, 그것이 위조물로 순금이 아니고 은이 섞였다는 소문을 들었습니다. 왕은 아르키메데스에게 명하여 그것을 감정하라고 했습니다. 생각에 골몰하던 아르키메데스가 우연히 목욕탕에 들어갔다가 넘쳐나는 물을 보고, 물 속에서는 자기 몸의 부피에 해당하는 만큼의 무게가 가벼워진다는 것을 알아냈습니다. 흥분한 그는 옷도 입지 않은 채 목욕탕에서 뛰어나와 "유레카! 유레카! (알아냈다! 알아냈다!)"라고 외치며 집으로 달려갔습니다. 집에 도착하자마자 아르키메데스는 그 금관과 같은 분량의 순금덩이를 물 속에 달아 넘쳐 흘러나온 물의 부피가 왕관 쪽이 더 많다는 것으로 왕관이 순금이 아니라는 사실을 알아냈습니다. 이것이 바로 그 유명한 아르키메데스의 원리입니다. 부력의 원리라고도 하는 이 원리는 유체(기체나 액체) 속에 정지해 있는 물체는 중력과 반대 방향의 힘인 부력(주위의 유체가 물체에 미치는 압력의 합력)을 받으며, 그 크기는 물체를 그 유체로 바꾸어 놓았을 때 작용하는 중력의 크기와 같다는 것을 말해줍니다.

아르키메데스가 이처럼 중요한 진리를 발견할 수 있었던 것은 바로 몰입의 순간이었습니다. 그가 갖고 있던 과거의 지식이 몰입을 통해 새로운 체계로 재구성된 것입니다. 몰입을 하게 되면 기존에 가지고 있던 지식들이 그 주제 하나를 향해 줄을 서게 되고, 남들은 쉽게 간과하기 쉬운 작은 단서에 민감하게 작용하며, 마침내 새로운 발상을 만들어 냅니다. 이것이 **'몰입의 힘'**입니다.

또 다른 재미있는 몰입에 대한 얘기를 하나 더 살펴보겠습니다.

밀림의 왕인 사자는 토끼를 잡을 때에도 최선을 다한다고 합니다. 훨씬 더 큰 몸집과 더 사나운 이빨, 그리고 더 빠른 발을 가진 사자가 토끼와 전혀 맞수가 되지 않는데도 말입니다. 이처럼 자신의 작은 사냥감 앞에서도 최선을 다하는 사자의 모습에서 한마디로 '몰입' 의 모습을 볼 수 있습니다. 먹이를 향해 달릴 때에는 완벽한 사냥삼매, 그 자체일 것입니다. 이때 사자에게서 분출되는 에너지는 평소와는 비교할 수 없이 무척 강할 것입니다. 사람도 평소와 다른 에너지로 생각에 몰입하면 반드시 아이디어나 깨달음이 떠오르게 될 것입니다. 처음엔 잘 안되더라도 계속 연습하면 곧 몰입에 익숙해질 것입니다. 이때 결정적으로 문제를 해결할 수 있는 묘안이 나오게 되는 것입니다.

한 가지 생각에만 집착하지 마라

몰입은 대단한 효과를 가져다줍니다. 인류가 만든 대부분의 문명이 바로 이 몰입의 결과로 나타난 것입니다. 그러나 몰입만 한다고 다 되는 것은 아닙니다. 경우에 따라서 몰입한 것을 모두 버려야 좋은 경우가 있습니다.

국민타자 이승엽 선수가 일본에 가기 전의 일입니다. 이승엽 선수가 2003년에 홈런 아시아 신기록을 세웠습니다. 55호 홈런까지는 잘 쳤는데, 56호 홈런이 2주 가까이 나오지 않아 마음고생을 많이 했습니다. 왜 56호 홈런이 나오지 않았을까요? 욕심 때문입니다. 그래서 어깨에 힘이 들어가고, 손목에 힘이 들어가서 타격 자세의 균형이 깨진 것입니다. 그의 욕심이 그의 홈런을 방해한 것입니다. 주변에서 모두 그에게 조언을 했습니다.

　"욕심을 버려라."

　맞는 말입니다. 욕심을 버려야 예전의 타격 자세로 돌아가게 됩니다. 그러나 이게 말처럼 쉽지 않습니다. 또 우리가 예전에 수영을 배울 때를 떠올려 보세요. 초보자가 처음 수영을 배울 때 숨쉬기를 익히는 것이 매우 힘듭니다. 처음 물에 들어가면 숨을 쉬고 싶은 마음에 자꾸 머리를 들게 됩니다. 살고 싶기 때문이지요. 그러나 머리를 들면 자세가 망가져서 정작 숨쉬기가 더 힘들어집니다. 어떻게 해야 하나요? 숨쉬고 싶은 조바심을 버리고, 물 속에 머리를 집어넣어야 합니다. 한번 숨쉬고, 한번 물에 잠기고, 이렇게 리듬을 타야 편해집니다. 한번 얻고, 한번 버려야 좋은 것입니다.

　이번에는 추사 김정희의 얘기를 해보겠습니다. 추사체는 동서양을 막론하고 글씨로서는 최고의 경지에 오른 글입니다. 추사체의 탄생은 어떻게 생겼을까요? 김정희는 고관대작을 지낸 분입니다. 그는 중국의 문물을 너무나 동경한 나머지 두 차례에 걸쳐 사신으로 북경을 다녀왔습니다. 그러나 그의 추사체는 환희의 북경에서 나온 것이 아니라 제주도에서 7년 동안 유배생활을 했을 때 나온 것입니다. 당시 그에게는 더 이상 잃을 것도 없는, 모든 것을 잃은 상태였습니다. 호의호식하며 보냈던 북경에서가 아니라 오직 외로움만이 그와 같이 했던 제주도 유배생활에서 걸작품이 나왔습니다. 즉 버림으로써 추사체의 완성을 이루게 된 것입니다.

처음의 주제로 다시 돌아가서, 다른 생각이란 어떻게 나오는 것일까? 몰입해야 합니다. 그러나 어느 순간에는 몰입을 버릴 필요가 있습니다. 그래야 이전과 완전히 다른 생각이 나오게 됩니다. 예전에 아르키메데스가 유레카를 외친 곳이 어딘가요? 목욕탕이었습니다. 몰입에 몰입을 하다 잘 안되니까 몰입으로부터 쉬려 했던 것입니다. 정작 몰입의 순간에서는 잘 안나오던 다른 생각이 쉬려는 순간에 나온 것입니다. 몰입하되, 필요하다면 몰입을 버릴 필요가 있습니다. 어떤 생각에 너무 집착하면 오히려 역효과인 경우가 많습니다. 한번 붙잡고, 한번 놓아주는 식으로 반복하십시오. 훨씬 좋아집니다.

가장 많이 틀리는 띄어쓰기 둘, 의존명사와 어미를 구분하자

① 데: '경우/상황/일'을 뜻하는 의존명사와, 다음에 할 말을 끌어내기 위한 연결 어미로 쓰인 '-ㄴ데/-은데/-는데'의 두 종류가 있다. 이때 후자의 경우는 띄지 않는다.

예) ▪ 이러한 규칙들은 잠재적으로 투명성을 향상시키는 데 크게 기여할 것이다. (의존명사)

　　▪ 내가 밥을 먹고 있는데 그 사람에게서 전화가 왔다. (어미)

② 지: 의존명사와 어미의 두 가지 쓰임새가 있는데, '시간'의 의미를 가지고 있을 때는 의존명사이므로 띄어 쓴다. 그러나 '-ㄹ지, -ㄴ지, -은지, -는지'는 연결 또는 종결 어미이므로 띄어 쓰지 않는다.

예) ▪ 그가 내 생각은 하는지 궁금하다. (어미)

　　▪ 서울로 이사한 지 10년이 되었다. /고향을 떠난 지도 꽤 오래됐다. (의존명사)

지식을 정교화하라

■ 수집된 정보를 머릿속에 재배열하라
■ 지식의 정교화를 위한 4가지 방법

우리는 일상생활에서 너무 빨리 잊어버리는 일이 허다합니다.

점심식사 시간에 친구로부터 들은 재미있는 이야기를 집에 돌아와 어머니한테 전해주려다가 내용이 잘 기억이 안나 "뭐였더라?" 하게 됩니다. 분명히 들었을 당시에 확실히 기억해두었는데도 불구하고 말입니다. 전날 TV의 개그 프로그램에서 보았던 개그 내용이 너무 재미있어서 다음날 친구들한테 이야기해주고 싶은데 그만 잊어버리고 머리만 긁게 되는 경우가 많습니다. 이런 일이 하루에 다반사로 일어나기도 합니다.

수집된 정보를 머릿속에 재배열하라

영어 독해문제를 풀다 보면 분명히 외웠던 단어인데도 그 뜻이 생각이 나지 않습니다. 단어 정도라면 그나마 괜찮습니다. 시험시간에 주관식 문제를 풀다 보면 바로 어젯밤에 외웠는데 도무지 생각이 나지 않아 미쳐버릴 것 같은 때가 한두 번이 아닙니다. 교과서 어느 쪽 어느 부분에 있었던 것까지도 대강 생각이 나는데, 정작 그 답은 시험시간이 다 끝나도록 내내 생각이 나지 않습니다. 너무 난감하고 억울해서 속이 상할 지경입니다.

이런 일은 왜 일어나는 것일까요?

바로 자리(place) 때문입니다. 공부라는 것은 책을 통해서든 선생님의 말씀을 통해서든 주위에 널려진 정보를 수집하여 내 머릿속에 기억하기 좋은 형태로 만들어 저장시키는 일련의 과정입니다. 이러한 과정의 궁극적 목적은 내가 필요한 순간에 내가 원하는 형태로 그 정보를 활용하기 위함입니다. 그래서 우리는 각종 방법들을 동원해서 그것들을 수집하고 저장시키기 위해 노력합니다. 그렇게 노력해서 얻은 지식들이 밖으로 제대로 나오지 못하는 이유가 무엇일까요? 머릿속에서 제자리를 찾지 못했기 때문입니다.

내 책상 위의 학용품들이 각각 제 자리에 있을 때 우리는 언제든지

손쉽게 찾아 사용할 수 있습니다. 그것들이 나의 것입니다. 나도 모르는 사이에 책상 아래 깊숙한 구석으로 굴러 떨어진 지우개는 내가 정작 필요할 때는 찾을 수도 없습니다. 이미 나의 것이 아닌 셈이지요.

지식도 마찬가지입니다. 지식도 머릿속에서 각자 알맞은 자리에 제대로 자리를 잡아야 그에 맞는 경로를 통해 밖으로 나와 표현될 수가 있습니다. 시험 보기 전날 분명 외웠는데 생각이 나지 않는 것은 그 지식들이 머릿속에서 둥둥 떠다닐 뿐 제대로 자리를 잡지 못했기 때문입니다. 그래서 내가 필요로 할 때 제대로 쓸 수가 없는 것입니다.

이것은 진정한 나의 지식이 아닙니다. 필요할 때마다 자유자재로 사용할 수 있어야 내 지식이라고 말할 수 있습니다. 여러분이 반드시 명심해야 할 것은 어디선가 듣거나 본 것을 통해 알게 된 모든 지식들이 모두 다 내 것이 되는 게 아니라는 사실입니다. 내가 필요한 시점에 내 입을 통해서, 또는 나의 글을 통해서 제대로 표현될 수 있는 지식이 바로 진정한 나의 지식입니다.

그렇다면 어떻게 수집된 정보들을 내 지식으로 만들 수 있을까요? 바로 주어진 정보를 '**정교화**(elaboration)'하는 것입니다. 그렇다면 정교화란 무엇일까요? 학습에 있어서 정교화란 기존 지식에 우리가 언어낸 새로운 정보를 연결시킴으로써 그것 하나하나에 의미를 추가하고 늘려가는 과정입니다. 이것은 일종의 **'되뇌기 방법'**으로 보통 사람의 머릿속에서 자동적으로 이루어집니다.

예들 들어, 임진왜란 때의 이순신 장군에 관련한 글을 읽는 동안에는 그 사람뿐만 아니라 그 시대에 관련된 배경이나 정보들도 함께 연상되기 마련입니다. 다시 말해 새 지식을 이해하는 데 옛 지식이 활용되는 것이지요. 이렇게 정교화가 이루어진 지식은 어지간해서는 잘 잊혀지지 않습니다. 스스로 생각해서 구성한 지식이기 때문에 없어지지 않는 것입니다. 그래서 지식을 정교화하는 것은 매우 중요합니다.

지식의 정교화를 위한 4가지 방법

그렇다면 우리는 지식의 정교화를 위해 어떤 노력을 해야 할까요? 만약 정교화가 사람의 머릿속에서 자동적으로 이루어진다면 우리가 따로 해야 할 일은 없을까요? 그렇지 않습니다. 정교화는 익숙함을 기본으로 하고 있습니다. 그래서 자주 기억해내고, 되뇌고, 연습하는 것이 좋습니다.

이러한 정교화를 위한 몇 가지 방법이 있습니다.

　우선 그 첫 번째 장치로 '**대화**'를 들 수 있습니다. 머리에 들어온 정보를 밖으로 한번씩 꺼낼 때마다 그 정보에 대한 친숙도가 증가하게 되는데, 대화는 머릿속의 정보를 인출하는 가장 기본적인 방법입니다. 혼잣말이나 저자와의 대화, 친구들과의 대화를 통해 습득한 정보를 밖으로 꺼내 보십시오. 머릿속을 붕붕 떠다니던 정보들이 기존 정보들, 또는 새로운 정보들과의 연결고리를 통해 적절한 곳에 자리 잡게 될 것입니다.

　두 번째 장치는 '**비유나 은유**'입니다. 비유나 은유는 기본적으로 기존 정보와의 연결에서 출발합니다. 자연스럽게 기존의 정보와 연결시켜 머릿속에 떠다니는 낱개의 정보가 아닌 통합적인 이미지 형태로 정보를 저장시킵니다. 따라서 한 장의 그림으로 무궁무진한 양의 정보를 묻어둘 수 있도록 해주는 것입니다. 이것은 각 개인의 인지적 차원을 최대한 넉넉하게 이용할 수 있도록 도와주며, 각 정보간의 유대를 강화시켜 줌으로써 정교화를 도와줍니다.

　세 번째 장치는 '**직접 경험**'입니다. 직접적인 감각기관을 통한 정보의 습득은 훨씬 인출이 쉬운 상태로 뇌 안에 저장이 됩니다. 각종 실험, 악기 연주, 놀이 등을 통해 직접 경험을 늘리십시오.

정교화를 위한 그 마지막 장치는 바로 **'반복된 만남'**입니다. 반복된 만남은 익숙함의 전제조건입니다. 다양한 측면에 걸쳐서 종합적으로 반복된 만남을 만들어 보시기 바랍니다. 예를 들면 정교화는 지식 확장의 핵심입니다. 정교화를 거친 정보들은 그렇지 못한 정보들보다 훨씬 더 풍부합니다. 훨씬 더 오래 기억되고, 훨씬 더 많은 정보들을 받아들일 수 있도록 해준다는 사실을 반드시 기억해두십시오.

문장부호 제대로 쓰기

① 접속어와 쉼표의 쓰임이 올바르지 못하다

접속어의 앞 혹은 뒤에 특별한 의미 없이 쉼표를 붙이는 경우가 있으나, 이는 잘못된 습관이다. 문장 첫머리의 접속이나 연결을 나타내는 말 다음에는 쉼표를 쓸 수 있지만 '그러나, 그러므로, 그리고, 그런데' 등과 같이 일반적으로 사용하는 접속어 뒤에는 쉼표를 쓰지 않는 것이 문장 부호 사용법에 맞다.

② 가운뎃점(·)과 반표(,)의 쓰임이 올바르지 못하다

어구를 나열할 때 쓰이는 쉼표라는 점에서 공통이나, 가운뎃점은 같은 계열의 단어 또는 어구 사이에 사용된다. 이때 그 낱말이 다른 명사들과 연이어질 때에 앞 단어와 띄어야 의미가 정확히 전달된다.

예) ■ 통영 · 거제 · 고성명승고적 (×)

　　 통영 · 거제 · 고성 명승고적 (○)

새로운 만남을 제안하라

- 문제해결능력이 뛰어난 다빈치
- 미술과 음악에서의 새로운 만남
- 예리하게 관찰하라

오늘날 우리가 물질적으로 풍요를 누리며 다양한 문화생활을 영위할 수 있게 된 데에는 인간의 독창적인 사고의 힘 덕택일 것입니다.

새로운 만남은 언제나 새로운 기분을 만들어줍니다. 생소하고 서로 다른 것이 만나면 새로운 관계가 만들어지게 마련입니다. 물론 정보처리의 양도 증가합니다. 경우에 따라서는 매우 창조적인 새로운 관계가 만들어지기도 합니다. 대체로 천재들이 이루어놓은 업적들이 이에 해당하겠습니다.

문제해결능력이 뛰어난 다빈치

한 예로 레오나르도 다빈치를 들어보겠습니다. 다빈치는 매우 창의적이고 모험심이 강한 사람이라고 봅니다. 다빈치가 살았던 이탈리아의 베네치아는 물의 도시입니다. 물 위에 집이 있고, 교통수단은 '곤돌라'로 불리는 배가 있습니다. 베네치아는 오랫동안 홍수 때문에 고통을 받아왔는데, 이를 해결해야 했습니다. 이것은 수백 년 동안 이탈리아의 골칫거리였습니다. 이 문제를 해결하기 위해 많은 학자가 동원되었지만 모두 실패했습니다. 그러다 다빈치가 이 문제를 해결하는 장치를 발명했는데, 그의 아이디어의 시작은 아주 간단했습니다. 바로 새로운 만남의 제안이라고 볼 수 있겠습니다.

해부학자인 다빈치는 인체의 심장과 혈관의 구조를 잘 알고 있었습니다. 다빈치는 또한 과학자였으므로 식물의 나뭇가지 구조도 잘 알고 있었습니다. 이때 다빈치가 본 것은 인체의 혈류의 흐름과 식물의 나뭇가지 구조가 매우 비슷하다는 것과, 더 나아가 운하의 지류 구조가 인체 혈류의 구조, 그리고 나뭇가지에서 수분의 흐름구조와 매우 유사하다는 것을 알게 되었습니다. 실제 다빈치는 이를 손으로 그려서 비교했다고 합니다.

다시 말해 다빈치는 이전에 한번도 만난 적이 없던 인체의 혈류구조와 식물의 수분구조, 그리고 운하의 지류구조를 만나게 해준 것입니다. 이들의 만남을 통해 다빈치는 새로운 관계를 보게 되었고, 인체의 혈류구조와 식물의 수분구조에서의 밸브시스템을 운하의 지류구조에 접목시킨 것입니다. 이러한 밸브시스템에 의해 이탈리아는 홍수 때 그 수량을 조절할 수 있게 되었습니다.

이 일화는 우리에게 매우 재미있는 점을 시사해줍니다. 한번도 만나지 않았던 것들을 새롭게 만나게 하여, 이전에 없던 관계를 만들어내는 것입니다. 이러한 만남이 이루어지면 사람들은 놀라움을 느끼게 됩니다. 다빈치의 아이디어만 해도 상당히 놀라운 관점이 아닐 수 없습니다.

미술과 음악에서의 새로운 만남

이번에는 전형적으로 창의성(Creativity)이 생명인 미술 분야를 한번 살펴보겠습니다. 회화분야에는 콜라주라는 기법이 있습니다. 콜라주는 화면에 인쇄물이나 천, 쇠붙이, 나뭇조각, 모래, 나뭇잎 등을 붙여서 새로운 모습의 회화를 만드는 것입니다. 한번도 시도해 본 적이 없는 도구를 미술에 새로운 방법적 도구로 연결한 것입니다. 이것은 특히 피카소와 브라크가 화면에 그림물감 대신 신문지, 우표, 벽지, 상표와 같은 실물을 붙여서 화면을 구성하는 '파피에 콜레'라는 기법을 창안해서 더 유명해진 기법이기도 합니다. 전형적인 새로운 만남을 유도한 방법이라고 볼 수 있겠습니다.

음악 분야로 눈을 돌려 볼까요? 진혼곡으로 유명한 모차르트의 레퀴엠은 가톨릭의 미사음악에 기원합니다. 레퀴엠은 가톨릭의 미사음악을 죽은 자의 안식을 기리는 형식으로 변형, 접목시킨 것입니다. 이전의 장례에서는 레퀴엠이 없었고, 단지 기도의 예식이 있었을 뿐입니다. 레퀴엠 역시 기존에 따로 존재하던 내용들을 새롭게 연결시킨 방법입니다.

이처럼 인류가 만든 모든 독창적인 업적은 대체로 새로운 만남의 과정을 통해 나옵니다. 새로운 만남을 제안하십시오. 진리는 모든 영역을 넘나드는 법입니다. 근시안적인 시각으로 사물을 바라보면 새로운 것을 만나게 할 수 없습니다. 보다 높은 곳에서 멀리 내다보고 새로운 만남을 만들어 보십시오. 그 곳에 남다른 생각이 있고, 통찰이 있을 것입니다.

예리하게 관찰하라

「바위 위의 마돈나」, 「모나리자」, 「최후의 만찬」 그림으로 유명한 레오나르도 다빈치에겐 또 다른 명작인 「앙기에리의 전투」라는 벽화가 있습니다. 오랜 세월이 흐르면서 작품이 훼손되어 지금은 남아있지 않지만, 다행히도 아직 벽화가 남아 있을 때 다른 화가들에 의해 스케치되어 현재까지 그 우수성을 전하고 있습니다.

그 중에서도 네덜란드의 예술가 루벤스가 복제한 「앙기에리의 전투」는 그 어떤 화가들의 스케치보다도 훌륭하게 원작의 우수성을 재현했다는 평가를 받고 있는데, 그 그림을 보면 레오나르도 다빈치가 병사들과 말들의 영혼을 얼마나 잘 표현했는지를 금방 알 수 있습니다. 전투하는 병사들의 죽음을 불사하는 의지나 위험에 뛰어드는 광적인 모습은 금방이라도 튀어나올 것 같이 리얼하고 생동감 있게 묘사되었습니다.

그 그림도 훌륭하지만 우리가 여기에서 주목할 것은 레오나르도 다빈치의 이러한 예술적 우수성이 결코 저절로 나온 것이 아니라는 것입니다. 레오나르도 다빈치는 사람을 보다 정확하게 묘사하기 위해서 병원에 가서 수술하는 장면이나 인체를 해부하는 장면을 일일이 관찰하며 근육의 모양을 세세히 눈에 익혔다고 합니다. 물 속에 물체를 집

어넣고 그 주변에 물결이 휩싸이는 모습을 연구하고 그림으로 묘사하
는 방법을 개발하느라고 머리를 싸매기도 했습니다. 그의 훌륭한 예
술적 영감은 결코 저절로 얻은 아니라 예리한 관찰에서 얻게 된 노력
의 결과입니다.

관찰은 막강한 힘을 가지고 있습니다. 현상 하나 하나를 예리하게
관찰하고, 각 현상간의 관계를 관찰할 때 예사로 넘기던 것은 큰 의기
를 가지게 됩니다. 이때 바로 통찰이 생기는 것입니다.

논술의 가장 중요한 건 결론단락이다

결론은 지금까지 논의한 것을 바탕으로 자기 주장을 마무리하는 곳이다. 그러므로 필자의 의견과 주장이 분명히 드러나야 한다. 그러나 많은 학생들이 구체적인 대안이 없이 얼렁뚱땅 일반적인 결론으로 넘어가는 경우가 많다. 본론의 내용을 다시 요약정리 한다든가, 갑자기 새로운 의견으로 비약한다든가, 교훈을 담아 설교하듯이 마무리하기도 한다. 그 이유는 본론이 든든하지 못하기 때문이다. 본론에서 두 가지 원인을 찾았으면 결론에서도 그 원인에 대한 대책 두 가지를 서술해야 한다. 본론에서 논의된 내용이 분명하고 논지가 일관되게 서술되었다면 결론도 자연스럽게 마무리될 것이다. 논술 평가의 핵심이 이곳에서 좌우된다는 사실을 반드시 명심하자.

미래지향적으로 생각하고
휴식을 취하라

- '자라나는 새싹' 과 '지는 해'
- 아이디어 전략적 차원에서 머리를 쉬게 하라

우리는 어린 아이들을 '자라나는 새싹' 에 비유합니다. 또는 무궁무진한 발전의 가능성을 가진 '꿈나무' 라고도 합니다. 반면에 나이 든 어른들은 흔히 '지는 해' 에 비유하곤 합니다. 이런 비유의 차이는 어디에서 오는 것일까요? 나이에서 오는 것일까요? 저는 그렇게 생각하지 않습니다. 제가 볼 때 이러한 비유의 차이는 나이에서 오는 것이 아니라 어린 아이들과 어른이 사물 또는 현상을 대할 때 나타내는 쾌도에서 나오는 것 같습니다. 한번 살펴보겠습니다.

'자라나는 새싹'과 '지는 해'

어린 아이들은 끊임없이 "왜요?" 하고 질문을 합니다. "정말이에요?", "진짜에요?" 하고 끊임없이 궁금해 하고 의심합니다. 반면에 어른이 되어갈수록 의문은 사라지고 주변에서 일어나는 사건이나 현상에 자기도 모르는 사이에 익숙해집니다. 아이들은 "왜요?"라고 질문하고 어른들은 "원래 그래"라고 대답합니다. 이것이 자라나는 새싹과 지는 해의 차이입니다.

아이들은 자기 나름대로 완벽하게 일리가 있는 원리를 가지고 있습니다.

만일 망가지지 않았다면 망가뜨려라.

반면에 어른이 되어갈수록 이러한 사고의 원리는 다음과 같이 변화됩니다.

만일 망가지지 않았다면 가지고 장난하지 마라.

대부분의 어른들은 일정한 형태를 유지하고 있는 것을 깨뜨리는 것에 상당한 두려움을 가지고 있습니다. 그러나 때로는 어떤 것을 망가

뜨릴 필요가 있습니다. 그것이 적절하게 자신만의 기능을 수행하고 있다 하더라도 유행하는 아이디어에 도전하거나 기존의 과정을 온전히 뜯어고치는 것이 좋을 때가 있습니다.

'어떻게 하면 현재 내가 알고 있는 것이나, 보고 있는 낡은 방식을 가급적 빨리 새롭게 만들 수 있을까?'

스스로에게 이러한 질문을 던져 보는 것은 어떨까요? 이러한 질문은 보다 미래 지향적인 성향을 가지고 있습니다. 이를 통해 겉으로 보기에는 무관한 아이디어와 현재 관행들을 연결할 수 있는 통찰력을 획득할 수 있는 것입니다.

'원래 그렇다' 라는 반응은 확장성이 없습니다. 확장성이 없으니 지는 해가 될 수밖에 없습니다. '정말 그럴까?' 라고 생각하는 순간 새로운 생각의 길이 열리고 발전의 가능성을 손에 쥐게 되는 것입니다. 평소에 당연하게 생각했던 일에 '왜 그럴까?', '정말 그럴까?' 하고 태클을 걸어보십시오. 그러한 태클이 생각의 폭을 넓히고 우리의 눈은 새로운 가능성을 향해 시선을 돌리게 되는 것입니다.

아이디어 전략적 차원에서 머리를 쉬게 하라

사람이 바쁘다 보면 늘 휴식을 원하게 됩니다. 갈수록 경쟁이 치열해지고 과제의 난이도는 어려워질 뿐입니다 심리적, 육체적 부담 역시 계속해서 늘어가고 자기도 모르게 날마다 휴식을 찾게 됩니다. 그래서 일요일 저녁만 되면 다음 날 학교 갈 걱정에 심한 스트레스를 느끼고 잠도 잘 오지 않습니다.

그러나 무작정 쉬는 것은 쉬는 게 아닙니다. 쉬는 데에도 전략이 있고, 차별점이 있어야 합니다. 무작정 시간을 보내며 늘어지는 휴식은 진정한 휴식이라기보다는 단지 시간을 보내는 것에 불과합니다.

보다 효과적인 휴식은 기존의 해야 할 일에 최대한 집중하여 빠르고 정확하게 처리한 후, 그것으로부터 완전히 분리되어 쉬는 것입니다. 이른바 '완벽 공부, 완벽 휴식' 일테면 공부와 휴식이 완전히 분리된 휴식이 더 효과적이라는 것입니다.

왜 그럴까요? 그것은 구분된 휴식이 진짜 휴식이기 때문입니다. 예전부터 어른들이 자주 하는 말씀이 있습니다. "놀 땐 놀고 공부할 땐 공부해라!" 놀 땐 확실하게 놀고 공부할 땐 확실하게 공부하라는 것입니다. 그래야 공부도 효과가 있고, 노는 것도 재미있기 때문입니다.

　흔히 빗대어 이런 얘기를 많이 들어 보았을 것입니다. "꼭 공부 못하는 녀석들이 놀 때 공부 생각하고, 공부할 때 놀 생각만 한다"고 말입니다.

　고3 수험생들을 보면 처음에는 모두 대단한 각오로 열심히 공부를 합니다. 그러나 여름방학쯤 되면 날도 덥고 조금씩 느슨해지면서 처음의 마음이 많이 흐트러집니다. 이때부터 이것도 저것도 아닌 경우로 접어들게 됩니다. 공부하려니 놀고 싶고, 놀자니 공부도 해야 되는데, 슬슬 걱정이 늘어가기 시작합니다. 그래서 몇 달을 방황합니다. 그러다 보면 공부도 안 되고 노는 것도 아니고, 그야말로 엉망진창이 됩니다.

　어떻게 쉬어야 할까요? 놀 때는 확실하게 놀아야 하고, 일할 때는 확실하게 일해야 합니다. 윈스턴 처칠은 제2차 세계대전 때 날마다 낮잠을 자기로 유명했습니다. 아무리 바빠도 낮잠을 자는 동안만큼은 업두로부터 완전히 유리되어 충분히 휴식을 취했습니다. 그는 낮잠이 전쟁을 승리로 이끄는 데 큰 도움이 되었다고 회고합니다. 이것은 무슨 말인가요? 완벽한 업무를 위해서는 완벽한 휴식이 필요하다는 것입니다. 놀 때 놀고 일할 땐 일하는 것입니다. 아인슈타인과 나폴레옹, 에디슨 그리고 케네디도 처칠과 마찬가지로 쉴 때는 확실하게 쉬었다고 합니다.

 이렇게 확실하게 쉬면 전혀 생각지도 못했던 결과를 얻을 수 있습니다. 왜냐하면 전혀 다른 경험이 원래의 목적을 달성시켜 주는 경우가 많기 때문입니다. 발명가 에드윈 랜드는 어슬렁거리며 산책을 하던 도중 떠오른 아이디어를 가지고 폴라로이드 카메라를 발명했습니다. 앞서 말한 아르키메데스가 유레카를 외치던 순간도 충분한 휴식을 취하던 목욕탕이었습니다. 차이코프스키는 산책을 통해서 문학적 통찰을 얻었습니다.

 이런 결과들을 보면 휴식은 단지 멈추어 있는 것이 아니라 더 멀리 뛰기 위한 준비입니다. 진정한 휴식을 통해 얻은 활력, 편안함, 건강하고 멋진 신체를 통해 우리 개개인의 목적에 한 발 더 다가갈 수 있는 것입니다.

퇴고를 할 때 확인해야 할 사항

__ 논리를 전개하면서 설명은 논리적인가, 모순이나 오류는 없는가.

__ 비약이나 부자연스러운 결론을 유도하지는 않았는가.

__ 용어를 정확하게, 일관성 있게 사용하였는가.

__ 불필요한 말이나 문장 혹은 중복은 없는가.

__ 잘못된 띄어쓰기는 없는가.

__ 글의 주제가 분명하게 전달되고, 처음에 주장하고자 했던 의도를 충족
시켰다는 확신이 설 때 탈고한다.

스스로에게
긍정적인 예언을 하라

■ 믿음의 효과
■ 시냇물의 효과

　자신에 대해 항상 긍정적인 말을 하면 우리가 생각지도 못한 놀라운 힘을 발휘하게 됩니다. 옛말에 "입살이 보살"이란 말이 있고, "말이 씨가 된다"는 말도 있습니다. 자기가 예언하고 정의한 대로 실제 일이 벌어지는 경우가 많습니다. 실제로 노벨상 수상자인 솔 벨로우는 초등학교 때 선생님이 "너는 노벨상 감이야"라고 무심결에 던져준 한마디의 말이 자신의 일생이 문학가의 길을 걷게 된 계기가 되었다고 회고합니다. 인류 역사상 최고의 권투선수로 인정받는 무하마드 알리는 스스로에게 "나비처럼 날아서 벌처럼 쏜다"는 적극적이고 긍정적인 예언을 하고 다녔습니다. 그의 권투는 실제 그의 예언처럼 이루어졌습니다.

이처럼 긍정적인 생각은 긍정적인 결과를 가져옵니다. 이것은 매우 놀라운 효과입니다. 믿기 힘들겠지만 사실입니다. 요즘은 골프를 즐기는 사람이 많습니다. 골프를 치다 보면 누구나 겪는 일 중의 하나가 그린 앞에 있는 호수를 만나는 일입니다. 대부분의 사람들은 이상하게 호수에 공이 빠진다고들 말합니다. 평소의 실력이라면 충분히 더 멀리 칠 수 있는데 이상하게도 눈앞에 호수가 있으면 영락없이 호수에 빠진다는 것입니다. 왜 그럴까요? 머피의 법칙인가요? 아닙니다.

그것은 골퍼가 호수에 빠지는 것을 상상했기 때문입니다. 만약 골퍼가 호수에 빠지는 공을 상상하지 않고, 그린에 멋지게 안착하는 것을 생각했다면 그렇게 됐을 것입니다. 세상은 생각하는 대로 이루어지는 보이지 않는 힘이 작용하고 있기 때문입니다.

성공한 사람들은 평소에 자신의 꿈이 실현되는 것을 늘 생각합니다. 실패하는 사람들은 실패했을 때의 결과를 앞서 생각합니다. 작은 차이인가요? 아닙니다. 매우 큰 차이입니다. 이들의 생각의 차이가 바로 결과의 차이를 만드는 것입니다.

믿음의 효과

'플라시보 효과'라는 것이 있습니다. 사람이 믿는 대로 사람의 신체가 반응한다는 것입니다. 가짜 감기약도 진짜 감기약으로 알고 먹으면 진짜 감기약의 효과가 나타난다는 연구 결과가 있습니다. 이것은 실제의 효과인데 전쟁에 많이 사용된다고 합니다. 전쟁 중에 약을 구하기가 어려우니 가짜 약을 주면서 진짜 약이라고 속이고 먹입니다. 그러면 진짜 약이라고 믿는 환자의 몸이 여기에 반응하게 됩니다. 그러면 통증도 줄어들고, 또 병세가 호전되기도 하는 것입니다.

또 반대로 '노시보 효과'라는 것도 있습니다. 이것은 효과가 있는 약임에도 불구하고, 약이 아니라고 생각하게 되면 효과가 사라지는 현상을 말합니다. 플라시보 효과와 마찬가지로 생각한 대로 신체가 반응하는 것입니다.

'피그말리온 효과'라는 것도 있습니다.

프로스 섬의 피그말리온 왕이 살았는데, 이 왕은 세상의 모든 아름다운 아가씨들을 쳐다보지도 않은 채 상아로 만든 여인상만을 사랑하였답니다. 이상한 사람이지요. 여하튼 이를 지켜보던 사랑의 여신 아프로디테가 그를 딱하게 여겨 여인상에 생명을 불어넣어 주었습니다. 피그말리온 왕은 매우 기뻐하였고, 그녀를 아내로 삼아 행복하게 살았다는 신화입니다. 이것의 의미는 정말로 간절히 원하고 그렇게 생각하면 그런 결과가 이루어진다는 것입니다. 이렇게 자기의 예언대로 이루어지는 효과를 피그말리온 효과라고 합니다. 사실입니다.

몇 가지 예를 더 들어보겠습니다.

프랑스의 바스티유 감옥에서 있었던 일입니다. 사형수의 눈을 가리고 단두대에 세워놓고 칼 대신 얼음조각을 사형수의 목에 떨어뜨렸습니다. 그러자 사형수는 죽어버렸습니다. 죽었다는 생각이 정말 그를 죽게 한 것입니다.

비슷한 사례로 1930년 인도의 한 의사가 체험한 일입니다. 사형선고를 받은 죄수의 두 눈을 가리고 가죽끈으로 묶었습니다. 죄수의 정맥을 찌르고 채혈하는 시늉을 하며 대야에 물방울이 떨어지게 하였습니다. 물방울 떨어지는 소리가 그쳤을 때 사형수는 죽었습니다. 그의 생각이 그를 죽게 한 것입니다.

또 미국 철도 역무원인 닉 시스맨의 불행한 이야기가 있습니다. 어느 날 한 역무원의 생일파티가 있어서 역원들 모두 한 시간 일찍 퇴근을 하게 되었습니다. 닉은 냉장차량 속에서 작업을 하고 있었는데, 동료들이 깜빡 잊고 차의 문을 잠그고 퇴근을 했습니다. 닉은 너무 추워서 온 몸이 마비되는 고통을 느꼈습니다. 다음날 냉장차량을 열어보니 닉은 죽어 있었습니다. 부검 결과 닉은 얼어 죽은 것이 아닙니다. 냉장차의 냉장장치는 그날 밤 작동하지 않았고 온도계는 영하로 내려가지 않았습니다. 닉은 추위로 얼어 죽은 게 아니라 얼어죽을 공포가 그를 죽게 한 것입니다. 여기에 소개한 모든 사례들은 다 생각이 얼마만큼 강한 영향력을 가지고 있는지를 보여줍니다.

미국 예일대학 베카 리비 박사는 최근 발표한 논문에서 자기 예언의 효과를 검증했습니다. 이 연구에 의하면, 나이가 드는 것에 대해 스스로 부정적으로 생각하면 그에 수반하여 기대수명이 감소하며, 긍정적으로 생각하면 기대수명을 연장시킨다고 합니다. 리비박사의 연구에 의하면 긍정적으로 생각하고 예언하는 사람들이 부정적으로 생각하는 사람들보다 평균 7년 6개월을 더 오래 산다고 합니다. 역시 생각의 방향대로, 또는 예언의 방향대로 구체적 결과가 달라지는 것입니다. 스스로에게 긍정적인 예언을 하십시오. 그렇게 하면 그만큼 긍정적인 결과가 나옵니다.

시냇물의 교훈

이번에는 위대한 교육학자 페스탈로치에 대한 일화를 하나 소개해

드리겠습니다. 어린 시절 몸이 약하고 수줍음이 많았던 페스탈로치는 친구들과 잘 어울리지도 않고, 혼자서 노는 조용한 어린이였습니다. 그러던 어느 날 그는 할아버지와 함께 산책을 나갔습니다. 어느새 날이 조금씩 어둑어둑해지자 할아버지와 페스탈로치는 집으로 발길을 재촉했는데 돌아가는 길에 시냇물을 만나게 되었습니다. 페스탈로치는 할아버지를 바라보며 싱긋 웃었습니다. 그는 틀림없이 할아버지가 자신을 업고 건널 것이라고 생각했기 때문이지요. 그런데 뜻밖에도 할아버지는 그의 손을 놓더니 혼자 펄쩍 뛰어 시냇물을 건너는 것이었습니다.

“할아버지, 저는 어떻게 해요?”

페스탈로치가 발을 동동 구르며 울먹거렸습니다.

“뭐가 무섭다고 그러느냐? 뒤로 두어 발짝 물러서서 힘껏 뛰어봐.”

할아버지의 말에 페스탈로치는 겁에 질려 울음을 터트리고 말았습니다. 그러자 할아버지가 짐짓 화난 표정으로 말씀하셨습니다.

“못 건너면 할아버지 혼자 갈 테다.”

어둠 속에서 냇물 소리는 더욱 무섭게 들리는데 할아버지는 혼자서 앞을 향해 걸어가려고 했습니다. 순간 홀로 남겨진다는 두려움에 놀란 그는 엉겁결에 펄쩍 뛰어 냇물을 건넜습니다. 그러자 뒤돌아섰던 할아버지가 달려와 그를 다정하게 안아 주셨습니다.

"그래, 그렇게 하는 거야. 잘했다. 이제 넌 언제든지 냇물을 건너뛸 수 있을 게다. 애야, 무슨 일이든 마음먹기에 달렸단다."

할아버지의 말씀과 그날의 경험은 페스탈로치가 어른이 된 뒤 많은 실패 속에서도 용기를 잃지 않도록 큰 힘이 되어 주었다고 합니다.